Knaus
K

Georg M. Oswald

Lichtenbergs Fall

Roman

Albrecht Knaus

Umwelthinweis:
Dieses Buch und sein Schutzumschlag wurden auf chlorfrei gebleichtem Papier gedruckt. Die vor Verschmutzung schützende Einschrumpffolie ist aus umweltschonender und recyclingfähiger PE-Folie.

Der Albrecht Knaus Verlag
ist ein Unternehmen der Verlagsgruppe Bertelsmann

1. Auflage

Gesetzt aus: 10.6/14 pt. Bodoni OF
Satz: Filmsatz Schröter GmbH, München
Schutzumschlag: Design Team München
unter Verwendung eines Gemäldes
von Alex Coleville
Printed in Germany · Presse-Druck, Augsburg
ISBN 3-8135-2750-6

I.

BEFRAGT, ob er der Mörder seiner Schwiegermutter sei, rückte sich Lichtenberg zurecht, als sei die Rede auf eine interessante Hypothese gekommen, zu der er sich bisher nicht geäußert habe, dies aber nunmehr um so lieber tue, und er sagte, nichts habe er sich sehnlicher gewünscht, als endlich diese Frage gestellt zu bekommen, und nichts stünde ihm ferner, als sie in der erwarteten Weise zu beantworten.

Als er verhaftet worden sei, sei er aus allem – seiner gesellschaftlichen Stellung, seinem Beruf, seiner Familie, seinem gesamten geregelten Leben – herausgefallen in die Gesetzlosigkeit und letztlich in diese Verhörzelle, die noch nicht einmal die Luft zum Atmen böte, hinein, weswegen er jetzt ohne jede falsche Rücksichtnahme reden könne.

Die Verhörzelle war ein fensterloser Raum von vier mal vier mal vier Metern, in dessen Mitte sich ein quadratischer Tisch und zwei Stühle befanden, auf denen Lichtenberg und der Vernehmende Platz nahmen. Aus Sicherheitsgründen waren Stuhl- und Tischbeine fest in den Betonboden eingelassen und standen somit unverrückbar.

Im Ernst, sagte Lichtenberg, es stünde ihm nicht im geringsten der Sinn nach Versteckspielchen, er sei ruiniert, gesellschaftlich vernichtet und habe allein durch die Verhaftung lebenslangen Schaden genommen, weswegen er seiner Vernehmung mit großer Gelassenheit entgegensehe, wie er sich ausdrückte, weil ihm bereits alles genommen wäre, was ihm zu nehmen gewesen sei, seine Frau, seine Kinder, seine Stellung, sein Besitz und – er lachte – sogar seine Freundin.

Auf Nachfrage, wer seine Freundin sei und ob er ihren Namen bereits zu den Akten gegeben habe, antwortete er nein, nein, das sei nur ein Scherz gewesen, eine Anspielung auf seine angebliche Affäre mit Olga Orlow, der Schwester seiner Ehefrau Lisa, die ihm im Laufe des Verfahrens sicher noch vorgehalten werde, obwohl es eine solche Affäre, das wäre er bereit zu beeiden, niemals gegeben habe.

Der Vernehmende erläuterte, Ehebruch werde nicht strafrechtlich verfolgt. Lichtenberg lachte wieder und schüttelte den Kopf.

Er, der Vernehmende, müsse sich das vorstellen, sagte Lichtenberg, wenngleich er, der Vernehmende, sich das wohl gar nicht vorstellen könne, denn es sei aus dem engen Netz der bürgerlichen Wohlanständigkeit, in dem sich der Vernehmende wahrscheinlich ebenso befinde, wie er, Lichtenberg, sich bis zu seiner Verhaftung darin befunden habe, schlichtweg unvorstellbar, in welch grauenhafte Hölle der Verhaftete, gewissermaßen auf dem Dienstweg, da hineingezerrt werde.

Der Vernehmende erläuterte kurz die gesetzlichen Voraussetzungen der Untersuchungshaft und daß sie im Falle Lichtenbergs vorlägen.

«Meine Frau», sagte Lichtenberg, und seine zu Beginn so feste und klare Stimme weichte ein wenig auf, «meine Frau glaubt doch nicht, was Sie erzählen – daß ich ihre Mutter getötet habe, oder?»

Der Vernehmende erläuterte, er dürfe über Zeugen und deren Aussagen zum Tatvorwurf keine Auskünfte erteilen.

Lichtenberg sagte, er sei in der letzten Zeit, in der sich die Dinge – vor allem geschäftlich – wirklich zusehends komplizierter gestaltet hätten, so sehr auf ein intaktes Familienleben bedacht gewesen wie zugegebenermaßen niemals zuvor.

Natürlich sei ein intaktes Familienleben eine reine Illusion, eine Erfindung, nichts, was es verdiene, ernstgenommen zu werden. Dennoch habe er für Lisa und die Kinder endlich diese immens teure Wohnung in Nymphenburg gekauft, was wirtschaftlich totaler Unsinn gewesen sei, aber er habe es wegen der Kinder getan, wegen der Familie. Er habe sicher zu wenig Zeit mit seinen Kindern Marc und Claudia verbracht, mit zwanzig sei er zum erstenmal Vater geworden, mit zweiundzwanzig zum zweitenmal, das sei sehr jung gewesen, besonders in der heutigen Zeit, und er habe sich deshalb um so mehr und intensiver mit seiner Karriere befassen müssen, daraus dürfe ihm heute kein Strick gedreht werden.

Er meine, es mute doch geradezu grotesk an, was ihm da buchstäblich für eine Räuberpistole, so drückte er sich aus, angehängt werde, wie solle er denn am frühen

Abend in der äußerst belebten Residenzstraße, zwischen Hauptpostamt und Franziskaner, unerkannt und zunächst sogar unbemerkt seine Schwiegermutter erschossen haben.

Wie, bitte schön, sei es möglich, dort, auf dem breiten, dicht mit Fußgängern bevölkerten Boulevard, eine Pistole zu ziehen und einen mehrere Meter weit weg stehenden Menschen zu erschießen, ohne dabei entdeckt und erkannt zu werden? Habe der Täter etwa einen Schalldämpfer benutzt? Ihm, Lichtenberg, sei das alles nicht bekannt und nicht erklärlich, und daß er in der Residenzstraße nicht als Mörder seiner Schwiegermutter sofort auf frischer Tat ertappt worden sei, beweise allein schon ausreichend, daß er es nicht gewesen sein könne.

Der Vernehmende wies darauf hin, daß auch ein anderer Tatverdächtiger vor Ort nicht gefaßt worden sei.

«Ausgezeichnet», empörte sich Lichtenberg, «wenn ihr keinen anderen gefunden habt, dann bleibe ja nur noch ich übrig!»

Woher solle er denn, fragte Lichtenberg, überhaupt gewußt haben, daß sich seine Schwiegermutter zur Tatzeit in der Residenzstraße aufhalte?

Der Vernehmende erläuterte, um siebzehn Uhr vierzig sei im Hause Orlow in München-Solln angerufen worden und es sei mit großer Wahrscheinlichkeit anzunehmen, der Anrufer sei Lichtenberg gewesen, was sich aus folgendem ergebe: Die Hausangestellte Suttner, welche mit Lichtenberg persönlich bekannt sei, habe den Telefonhörer abgenommen und mit dem vorgeblichen Leiter des Hauptpostamtes in der Residenzstraße gesprochen, der sie gebeten habe, Frau Orlow ans Telefon zu holen.

Frau Suttner sei dieser Aufforderung gefolgt und habe Frau Orlow von dem Anruf unterrichtet, mit dem allerdings gewichtigen Zusatz, sie meine in der Stimme des vorgeblichen Leiters des Hauptpostamtes diejenige von Frau Orlows Schwiegersohn Carl Lichtenberg erkannt zu haben. Frau Orlow, so Frau Suttner, habe diesen Hinweis jedoch mit einer abwehrenden Handbewegung in den Wind geschlagen, weil sie, Frau Orlow, sie, Frau Suttner, für neugierig und intrigant gehalten habe, aus Gründen, deren Erörterung im anhängigen Verfahren nicht gegenständlich sei.

Von dem vorgeblichen Leiter des Hauptpostamtes habe Frau Orlow, so Frau Suttner, die Nachricht bekommen, der von ihr in Auftrag gegebene Nachforschungsauftrag betreffend ein bestimmtes Telegramm sei bearbeitet und dessen anonymer Absender gefunden. Bestimmte Umstände machten es für sie erforderlich, ohne Aufschub in das Hauptpostamt in der Residenzstraße zu kommen.

Frau Orlow, so Frau Suttner, habe zunächst abgelehnt, das Haus noch zu verlassen, weil ihr die Sache höchst merkwürdig vorgekommen sei, doch der Postbeamte sei offenbar so sehr in sie gedrungen, daß ihr die Angelegenheit schließlich doch äußerst eilig erschienen sei, denn sie habe sich sofort nach Beendigung des Telefonats auf den Weg zum Hauptpostamt in der Residenzstraße gemacht.

«Dort», erläuterte der Vernehmende, «ist, wie Sie wissen, Ihre Schwiegermutter von einem Schuß, der ihren linken Lungenflügel und beide Herzkammern durchschlug, getötet worden. Es ergibt sich die Annahme, Sie hätten Ihre Schwiegermutter durch den Anruf, bei dem Sie sich glaubhaft als Leiter des Hauptpostamtes ausgegeben haben, zum Tatort bestellt, um sie dort zu erwarten und zu erschießen.»

Lichtenberg warf sich auf die schmale, hölzerne Lehne seines Stuhls zurück, daß er krachte.

«Mein lieber Freund», sagte er, «mein lieber Freund», und schüttelte fassungslos den Kopf.

Er, Lichtenberg, so sagte er, sei gewiß nicht bekannt dafür, ein besonders ausgeglichener, ruhiger und gelassener Mann zu sein. Alles, was er in seinem Leben, das noch nicht lange dauere, gemessen an den Erfolgen, die er währenddessen bereits habe erringen können, erreicht habe, werde von Beobachtern wie auch von ihm selbst zutreffend seiner enormen Willenskraft zugeschrieben, die ihn, sei sie einmal erwacht, zu jedem Ziel führe, auf das er sie lenke. Er wolle nicht behaupten, er habe ein entspanntes oder gar gelöstes, in anderen Worten: ein einfaches, unkompliziertes Verhältnis zu seiner Schwiegermutter gehabt. Das Verhältnis zur Schwiegermutter, so Lichtenberg, sei nicht von ungefähr ein sprichwörtlich schlechtes, aus diesem Umstand könne ihm aber doch nicht im Ernst ein Mordmotiv gedrechselt werden, das allenfalls Westentaschenpsychologen zufriedenstellen würde.

Er garantiere es allen, die es wissen wollten, wenn er seine Schwiegermutter hätte umbringen wollen, hätte er es so angestellt, daß er nicht schon drei Stunden nach deren Tod in Untersuchungshaft genommen worden wäre.

Was hätte er auch für einen Grund gehabt, sie zu töten? Sei er ihr nicht immer in allen Punkten überlegen gewesen? Habe er sich nicht stets in allem, was er verfolgt habe, ihr gegenüber durchgesetzt? Warum also hätte er sie töten sollen?

Es sei wahr und bekannt, daß die Familie Orlow und also seine Schwiegermutter, die diese Familie ja stets allein repräsentiert habe, nachdem ihr Mann, lange schon bevor er, Lichtenberg, sie, die Familie Orlow, kennengelernt habe, gestorben sei, daß also die Familie Orlow eine der reichsten Familien Münchens und damit des gesamten Landes sei.

Somit wäre, so Lichtenberg, aus diesem Grund natürlich auch sofort das Geldmotiv auf dem Tapet, welches ihm sicher noch schlimm zu schaffen machen werde, nachdem er zuletzt in eine ganz unglückliche und ungeheuerliche finanzielle Schieflage geraten sei.

In unserer Gesellschaft, so Lichtenberg, sei nur derjenige etwas wert, der Geld habe. Er meine das nicht etwa im Sinne einer sozialkritischen Anmerkung, sondern wolle dies als schlicht zutreffende Feststellung verstanden wissen, und er sage sogar ganz ausdrücklich, daß er nicht das geringste gegen eine Gesellschaft einzuwenden habe, die den Wert ihrer Mitglieder allein nach dem Wert ihres Vermögens bemißt. So sei das nun einmal bei uns, damit müsse jeder selbst fertig werden, und die gegenteiligen Beschwichtigungen der Politiker seien nichts weiter als pure Heuchelei, über die sich aufzuregen allerdings äußerst naiv sei, die Politiker würden schließlich dafür bezahlt, dummes Zeug zu reden. Er sei es gewöhnt, als eigentliche Triebfeder jedes beliebigen menschlichen Verhaltens immer nur die Geldgier zu unterstellen, und sei damit noch nie falsch gelegen, sagte Lichtenberg.

Gleich, ob es darum gehe, eine Frau zu erobern, einen Feind zu besiegen, einen Konkurrenten auszuschalten, einen Freund zu gewinnen, eine Freude zu bereiten, es sei immer das gleiche Zauberpulver, das die Türen und die Herzen gleichermaßen öffne. Das wisse natürlich jeder, doch keiner gebe es zu, da es, besonders in den sogenannten besseren Kreisen, als schrecklich unzivilisiert gelte, dieses Wissen auszusprechen, unverzeihlich banal, aber das nur am Rande.

Nur Geld allein mache glücklich, so Lichtenberg, weswegen jeder der seine, Lichtenbergs, jüngsten Kontoauszüge studiere, gleich erkennen könne, wie unglücklich er sei. Ob es nicht geradezu zwingend logisch sei, daß der finanziell in die Enge geratene Schwiegersohn, die Gläubiger im Genick, seine steinreiche Schwiegermutter umbringe, zumal ihm sowieso nicht viel an ihr liege, fragte Lichtenberg.

Er sei sich ganz sicher, sagte er, am Ende werde alles damit erklärt werden.

Der Vernehmende fragte nach, wie die finanzielle Schieflage, von der Lichtenberg zuvor gesprochen hatte, zustande gekommen sei.

Er stamme aus besten Verhältnissen, antwortete Lichtenberg, wie die Presse nach seiner Verhaftung seine Familie mit Schmutz und Dreck beworfen habe, so Lichtenberg wörtlich, beschäme ihn zutiefst.

Gut, es sei wahr, daß seine Mutter bei seiner Geburt gestorben sei, er selbst habe nie Genaueres darüber erfahren, sein Vater niemals ausführlicher mit ihm darüber gesprochen. Aber die Presseschmierer hätten hieraus ohne weiteres geschlossen, er, Lichtenberg, sei in seiner Kindheit und Jugend zwar materiell so gut ausgestattet gewesen, wie es das einzige Kind eines wohlhabenden Automobilversicherungsvorstandsvorsitzenden nur sein könne, jedoch von Anfang an emotional vernachlässigt gewesen, was sich schon bald in einer verhängnisvollen Haltlosigkeit und der Neigung zur Ausschweifung bemerkbar gemacht habe.

Emotional vernachlässigt sei er niemals gewesen, sagte Lichtenberg erregt, sein Vater und dessen von Zeit zu Zeit wechselnde Haushälterinnen hätten ihn betreut und aufgezogen, wie es niemand anderer besser gekonnt hätte. Freilich, als er später erfahren habe, warum seine Mutter nicht mehr am Leben, wie sie zu Tode gekommen sei, habe sich ein gewisses Schuldgefühl gegenüber seinem Vater bei ihm eingeschlichen, über das er nie mit ihm gesprochen habe, denn dieser hätte es natürlich weit von sich gewiesen, daß er seinem einzigen Sohn Vorwürfe mache, weil der seine Mutter durch seine Geburt das Leben gekostet habe. Dennoch habe er seinen Vater ab einem gewissen Zeitpunkt als eine Art fürsorglichen Gegner betrachtet, der jeden Grund gehabt habe, ihn zu hassen, weil er ihm seine Frau weggenommen habe, und der ihn zwar aufziehen, dann aber verstoßen werde, sagte Lichtenberg. So etwas, sagte er, wäre in den Ohren seines Vaters eine solche Ungeheuerlichkeit gewesen, daß er es ihm niemals hätte sagen können, und heute spiele es vermutlich gar keine Rolle mehr.

Lichtenberg sagte, er überlege gerade, warum er eigentlich seinen Vater auf dieses Thema nie angesprochen habe, und er erinnere sich, schon als Fünfzehnjähriger in der Absicht gelebt zu haben, den zu erwartenden Angriffen des Vaters durch eine im geheimen erworbene Selbständigkeit zu begegnen. Einfacher ausgedrückt, er habe schon mit fünfzehn das deutliche Gefühl gehabt, es sei für ihn an der Zeit abzuhauen. Allerdings, das gebe er zu, sei er in diesem Alter schon klug genug gewesen, den Segen des Reichtums, der auf dem Vaterhaus lag, als solchen zu begreifen, und er sei stets darauf bedacht gewesen, diese Quelle am Sprudeln zu halten, durch artiges Benehmen zur richtigen Zeit. Er sei keiner strengen Aufsicht unterstanden, die Haushälterinnen hätten sich zeitlebens nie gegen ihn durchsetzen können, weil sie einfache Angestellte ohne Vermögen gewesen seien und er ihnen das, sobald er es verstanden, auch vorgehalten habe.

Mit fünfzehn sei er schon ganz der junge Herr im Haus gewesen, dem die Haushälterinnen zu gehorchen gehabt hätten wie dem eigentlichen Hausherrn, dem Vater, der nur sehr selten dagewesen sei, so daß er, Lichtenberg, in allem völlig freie Hand gehabt habe. Anders als so vielen seiner Generation sei es ihm nie um Zerstreuung gegangen, um Partys, Alkohol, Drogen, alles, was erfunden worden sei, die Köpfe von jeder Beschäftigung zum eigenen Vorteil abzulenken. Ihn, Carl Lichtenberg, so Lichtenberg, hätten immer nur zwei Dinge interessiert auf der Welt: Frauen und Geld.

Er wisse, im Spaß behaupte das jeder Mann von sich, aber er meine es todernst, denn dahinter stehe, wofür er sich sein Leben lang immer und immer am allermeisten interessiert habe und interessieren werde: für sich selbst ganz allein.

Er sagte, er habe das Glück, den Frauen zu gefallen, er drücke das so harmlos aus, um seine Geschlechtsgenossen nicht mehr als nötig zu beschämen, obwohl er nicht glaube, daß es sich dabei um Glück im Sinne einer ihm zugefallenen Göttergabe handle.

Die Frauen schätzten ihn stets, weil er es verstehe, ihr Interesse zu wecken und sich ihnen zugleich zu entziehen. Eine Frau, die ihm erst einmal verfallen sei, verachte er bald, ohne das zu wollen oder es auch nur als besonders angemessen zu empfinden. Es übe stets den größten Reiz auf ihn aus, durch eine Handbewegung, einen Blick, eine flüchtige Berührung, nur für einen Sekundenbruchteil die Aufmerksamkeit einer Frau auf sich zu ziehen und diesen dann zu nutzen, um sie mit aller Kraft in seinen Bann zu ziehen. Dies gelinge durch eine feine, unauflösliche Mischung aus Werbung und Abweisung, welche Unsicherheit schaffe und das Terrain bereite für die anschließende Eroberung. Daher komme es wohl auch, daß ihn Frauen, die dieses schöne Spiel durch ungeteilte, bereitwillige Hingabe zerstörten, entsetzlich langweilten. Weitaus die meisten Frauen aber, so Lichtenberg, verstünden sich auf dieses Spiel viel besser als Männer und dankten es einem, wenn man sich auf diesem Feld mit ihnen messe, denn sie begriffen es richtig als Kräftemessen, bei dem allein die größte Raffinesse zum Ziel führe.

Dies habe er instinktiv, wie er sagte, schon als Fünfzehnjähriger begriffen, auf dem Schulhof, auf den Partys, die er einzig besucht habe, um sich an den jeweils begehrtesten Frauen zu erproben, und je länger er geübt habe, desto sicherer sei er in der Kunst der Verführung geworden und habe sich alsbald sogar an ältere Mädchen herangetraut, mit nicht geringem Erfolg, wie er bemerken dürfe.

Das Geld, so Lichtenberg, das sei ihm später klargeworden, als er erstmals wirklich viel davon in der Tasche gehabt habe, vereinfache vieles, insbesondere erleichtere es den Frauen die Entscheidung für einen Mann. Es einzusetzen, um zu verführen, sei mithin zwar unsportlich, zuweilen aber bequem.

Um auf die Frage des Vernehmenden zurückzukommen – er, Lichtenberg, wisse es nicht.

Er wisse nicht, wie es zu seiner finanziellen Schieflage, die er ganz unumwunden seine finanzielle Katastrophe nennen könne, gekommen sei. Er habe immer gut verdient, sehr gut sogar, und doch seien wie verhext immer größere Verpflichtungen auf ihn zugekommen, die er sich in den seltensten Fällen selbst ausgesucht habe, die vielmehr zumeist von Dritten an ihn herangetragen worden seien. Seine Lebensumstände hätten sich binnen kurzem derart entwickelt, daß es ihm vollkommen normal erschienen sei, das verdiente Geld – und offensichtlich auch das nicht verdiente – jubelnd, mit beiden Händen zum Fenster hinauszuschmeißen in der Annahme, es werde, wie man so sage, zur Tür wieder hereinkommen, was allerdings nicht der Fall gewesen sei und was er, Lichtenberg, erst zu einem Zeitpunkt bemerkt habe, als buchstäblich schon alles verloren gewesen sei, so daß es ihm, so sagte er, ein heidnisches Vergnügen bereitet habe, gewissermaßen das Fenster weiterhin offenstehen zu lassen, um sein Finanzdesaster, wie er sagte, in vollen Zügen genießen zu können.

II.

BEFRAGT, wann und unter welchen Umständen er seine spätere Schwiegermutter kennengelernt habe, antwortete Lichtenberg, es solle offensichtlich ernstgemacht werden mit dem Vorwurf, er habe sie ermordet, was ihn nicht hindern, im Gegenteil sogar ermutigen werde, sich weiterhin um Kopf und Kragen zu reden, jetzt, da die Vernehmung nun einmal begonnen habe und wohl schon gar nicht mehr aufzuhalten sei. Als Jurist wisse er natürlich genau, daß er sich um Kopf und Kragen rede, wenn er rede, egal, was er rede, aber er rede nun einmal, wie er erklärte, für sein Leben gern.

Der Vernehmende wies Lichtenberg auf sein Aussageverweigerungsrecht hin, der lachte und fuhr den Vernehmenden an, einen Dreck sei es wert, dieses Aussageverweigerungsrecht, das wisse er, der Vernehmende, so gut wie er, der Vernommene, Lichtenberg.

«Ich werde Ihnen alles sagen, alles, was ich weiß, und doch werden Sie von mir nicht zu hören bekommen, was Sie einzig und allein hören wollen, nämlich, daß ich meine Schwiegermutter ermordet habe», sagte Lichtenberg.

Auf ärztliches Anraten sei er vor ziemlich genau zehn Jahren, so Lichtenberg, nach Elba gereist, um sich für längere Zeit zur Erholung dort aufzuhalten, nachdem er zu Hause, kurz vor dem Abitur, in rascher Folge zwei

Blutstürze erlitten habe, deren letzterer nach Auskunft des Arztes durchaus lebensbedrohlich gewesen sei, eine verschleppte Lungenentzündung sei ihm diagnostiziert worden, so daß absolute Ruhe und frische Meeresluft sowie warmes mediterranes Klima unbedingt angezeigt gewesen seien.

Auf diese Weise sei er nach Elba gekommen, an einen Ort, der Villa Ottone geheißen habe, nahe Portoferraio. Die Villa Ottone sei eine allererste Adresse für erholungsuchende Schwerreiche aus ganz Europa gewesen, Lichtenbergs Vater habe ihm den dortigen für drei Monate geplanten Aufenthalt in ernster Sorge um seine, Lichtenbergs, Gesundheit finanziert, und er, Lichtenberg, sei begeistert gewesen, als er nach seiner Ankunft habe feststellen dürfen, daß es dort etliche jüngere und ältere Frauen gegeben habe, die, der Erholung müde, auf Abwechslung wie ihn gewartet hätten.

In der Villa Ottone auf Elba sei er erstmals auf seine spätere Schwiegermutter getroffen, zuvor aber auf seine spätere Frau Lisa, deren erster Anblick ihm schon einen derartigen Schlag versetzt habe, daß ihm auf der Stelle klar gewesen sei, hierbei handle es sich nicht um die gewöhnliche Faszination oder Verliebtheit, welche die Anwesenheit schöner Frauen leicht in ihm auslöse, sondern um eine Empfindung, der er wohl mit ganzem Herzen nachgehen müsse, wolle er ihr gerecht werden.

Gar nicht leicht sei es gewesen, an Lisa heranzukommen, denn sie sei nahezu perfekt von Mutter und Schwester abgeschirmt gewesen, alle drei Frauen hätten ein kaum zu sprengendes Familienmolekül gebildet, das jeden Fremdkörper ohne weiteres von sich abgestoßen habe. Eine höchst eigenartige, einzigartige, unzerbrechliche, unzerstörbare, hochexplosive, im höchsten Maße ekelerregende Familienmolekülstruktur habe er da entdeckt und sei von ihr zugleich angezogen und angewidert gewesen.

Diese drei Frauen, seine spätere Ehefrau, seine spätere Schwiegermutter und seine spätere Schwägerin, die er über Tage in der Villa Ottone beobachtet habe – bevor es an der Bar in der Lounge zu einem ersten Gespräch zwischen ihm und Lisa gekommen sei, bei dem sich sogleich erwiesen habe, daß Lisa ihn, Lichtenberg, ebenfalls schon über Tage beobachtet habe –, diese drei Frauen hätten sich nach einem minutiös geregelten Plan zu bestimmten vorgegebenen Zeiten an bestimmten Orten aufeinander zubewegt und wieder voneinander gelöst wie unsichtbar miteinander verbundene Teile eines Ganzen.

Das Gespräch an der Bar in der Lounge zwischen ihm und Lisa sei deshalb dem Versuch gleichgekommen, eines dieser Teile aus dem Ganzen herauszutrennen, der von seiner späteren Schwiegermutter und seiner späteren Schwägerin aus ihren Klubsesseln heraus, einige Meter von ihm und Lisa entfernt in der Lounge, mit ungläubigem Entsetzen verfolgt worden sei.

Während seine spätere Schwiegermutter über die gesamte Dauer seines Gesprächs mit Lisa hinweg ihren Mund stets leicht geöffnet gehalten habe, so Lichtenberg, sei Olga damit beschäftigt gewesen, einen Cocktail nach dem anderen auszutrinken, eine Eigenart, die sie sich im übrigen, seit er sie kenne, nicht abgewöhnt habe. Beide hätten Lisa und ihn nicht eine Sekunde lang aus den Augen gelassen, während Lisa und er sich in der anregendsten Unterhaltung befunden hätten und Lisa, so sei es ihm vorgekommen, ihre hinter ihrem Rücken sitzende Familie vollkommen vergessen habe, wohingegen er unausgesetzt die gesamte Familie Orlow im Blick behalten habe, direkt vor ihm Lisa und, wenige Meter dahinter, seine spätere Schwiegermutter und Olga, ihn und seine spätere Ehefrau erstaunt und voller Geringschätzung fixierend.

Lichtenberg habe sich an diesem Abend in Lisa verliebt, wie sie sich an diesem Abend in ihn verliebt habe, es sei da von Anfang an nicht zu den geringsten Mißverständnissen gekommen.

Was die spätere Schwiegermutter schon zu diesem Zeitpunkt als das Empörendste angesehen habe, den mehr als sechs Jahre betragenden Altersunterschied zwischen ihm, dem Neunzehnjährigen, und ihr, der Fünfundzwanzigjährigen, hätten Lisa und er von Beginn an als eine reizvolle Provokation empfunden, die ihr Interesse aneinander niemals ausgemacht, aber doch verfeinert habe.

Der Vernehmende fragte, wann Lichtenberg und Frau Orlow, seine spätere Schwiegermutter, erstmals über die Hochzeit mit Lisa gesprochen hätten und wie dieses Gespräch verlaufen sei.

Eine ziemlich direkte Frage, antwortete Lichtenberg, die ihm zeige, daß der Vernehmende wisse, worauf er hinaus wolle, weil er vermutlich von Lisa oder von Olga die Fluchtgeschichte gehört habe.

Weil er nun schon einmal dabei sei, sich um Kopf und Kragen zu reden, werde er ohne weiteres auch die Fluchtgeschichte erzählen, sagte Lichtenberg.

Zwei Wochen seien Lisa und er ein Paar gewesen. Zwei Wochen würden für vernünftige Menschen, die sich gerade erst kennengelernt hätten, niemals ausreichen, um auch nur eine gemeinsame Urlaubsfahrt zu verabreden, so Lichtenberg. Er und Lisa aber, die ihre ersten zwei Wochen Tag und Nacht gemeinsam auf eine Weise verbracht hätten, für die Zeit eine völlig ungenügende und geradezu lächerliche Maßeinheit sei, hätten am Ende dieser zwei Wochen nicht die geringsten Zweifel mehr gehabt, füreinander bestimmt zu sein, was sich in gewisser Hinsicht in der Zukunft auch erwiesen habe, so Lichtenberg, denn schließlich seien sie nach wie vor verheiratet und hätten zwei Kinder zusammen. Natürlich hätten sie gewußt, daß außer ihnen niemand der Meinung sein würde, es sei für sie beide und deshalb letztlich auch für alle anderen das Beste, sie würden zusammen leben und sogar heiraten. Dennoch hätten sie sich entschlossen, um die Ernsthaftigkeit ihres Vorhabens unter Beweis zu stellen, ganz offiziell ihre Hochzeit anzukündigen und, falls nötig, mit allen Mitteln durchzusetzen.

In der Lounge der Villa Ottone hätten sie alle zusammen an dem betreffenden Abend in jenen schweren, schwarzen, würfelförmigen Klubsesseln gesessen, Frau Orlow und Olga, Lisa und er, Lichtenberg. Freudestrahlend, aber dennoch in dem Bewußtsein der Ungeheuerlichkeit ihres Tuns, hätten Lisa und er seiner späteren Schwiegermutter die Heiratsabsicht verkündet und damit den Abend in eine feierliche, verzweifelte Stimmung gesenkt, die jedem der Anwesenden die Zwangsläufigkeit des nunmehr zu erwartenden Unglücks verdeutlicht habe.

Mutter Orlow habe ihnen, Lisa und Lichtenberg, ein beinahe mitleidiges, langes, stummes Lächeln geschenkt, bevor sie mit scharfer Stimme die Stille durchschnitten habe mit den Worten: «Kommt ja überhaupt nicht in Frage!»

Im widerlichsten Ton habe sie dies gesagt, so daß ohne weiteres klar gewesen sei, sie werde sich niemals erweichen lassen und sich mit einer Heirat von Lisa und ihm, Lichtenberg, abfinden, geschweige denn einverstanden erklären. Durch diese ihre Antwort habe sie die Heiratsfrage von Beginn an zu einer Machtfrage gemacht, wobei es ihr völlig egal gewesen sei, ob sie sich zum Wohl ihrer immerhin bereits fünfundzwanzigjährigen Tochter verhalte oder nicht. Sicher habe ihr das Wohl ihrer Tochter stets sehr am Herzen gelegen, aber nicht um den Preis ihres eigenen, das sie, wie er vermute, in Gefahr gesehen hätte, hätte sie auch nur das geringste Zugeständnis in der Heiratsfrage gemacht. Nach ihrem Verständnis, so Lichtenberg, sei sie ihren Töchtern stets die großzügigste Mutter gewesen und habe es stets als Selbstverständlichkeit betrachtet, ihnen jeden ihrer Wünsche zu erfüllen, solange diese Wünsche auch ihre eigenen Wünsche gewesen seien.

Lisa behaupte, ihre Mutter habe die Gabe besessen, ihre eigenen Wünsche in so überzeugender Weise für die ihrer Töchter zu halten und sie diesen auch als die ihren anzupreisen, daß die Töchter, die es niemals anders gelernt hätten, ihr Leben lang die Wünsche ihrer Mutter für die eigenen und die Mutter, die dauernd mit der Erfüllung dieser Wünsche beschäftigt gewesen sei, für die Großzügigste zu halten. Was der Mutter aber, wie sie auch ihm, Lichtenberg, gegenüber in aller Deutlichkeit oftmals gesagt habe, immer schon bis zum äußersten zuwider gewesen sei, sei ein eigener Kopf.

Der junge Mensch, so die Mutter, so Lichtenberg, vertrete die Auffassung, nichts sei wichtiger zu nehmen als der eigene Kopf, dabei sei gerade beim jungen Menschen der eigene Kopf das Allerunwichtigste, obwohl dem jungen Menschen überall, wo er heutzutage hinkomme, in schlimmer Fehlerhaftigkeit das Gegenteil gepredigt werde. Einen eigenen Kopf hielten sich am allermeisten diejenigen zugute, die überhaupt keinen Kopf hätten, und eben die seien es, die dem jungen Menschen mit ihrer Erfindung vom eigenen Kopf den seinen verdrehten. Überall stoße man auf diese Menschen, zuerst in den Kindergärten, dann an den Schulen, später an den Universitäten und schließlich im Berufsleben. Einige wenige von ihnen hätten damit sogar kurzzeitig Erfolg, die allermeisten aber von vornherein nicht. Gemeinsam sei ihnen allen die fixe Idee, sie hätten ihr jeweiliges Schicksal ihrem eigenen Kopf zuzuschreiben, und entweder beglückwünschten sie sich zu ihrem eigenen Kopf oder sie verdammten ihn. Beides allerdings zu Unrecht – im letzteren Fall zumindest aus den falschen Motiven –, denn, das wüßten sie nicht, ihr kurzzeitiger Erfolg oder andauernder Mißerfolg hänge niemals und unter keinen Umständen mit ihrem eigenen Kopf zusammen, dessen Vorhandensein sie sich ohnehin lediglich einbildeten, denn es gebe keine eigenen Köpfe, allein den unseligen Irrglauben daran. Erfolg hänge in Wahrheit ausschließlich von zwei Dingen ab – von Begabung und Gehorsam. Den Erfolglosen diene der eigene Kopf schlicht als Ausrede für deren Unfähigkeit und Faulheit. Die Erfolgreichen aber, die sich etwas auf ihren eigenen Kopf einbildeten, könnten ihren Erfolg nicht lange genießen, denn an seinen eigenen Kopf zu glauben sei eine Disziplinlosigkeit, die sich noch immer gerächt habe und den zunächst Erfolgreichen schon bald wieder seines Erfolges beraube. Der Erfolg, der angeblich auf einen eigenen Kopf zurückzuführen sei, könne wegen dieses Mangels an Disziplin niemals lange währen und sei deshalb letztlich einer, der nicht zähle. Begabung und Gehorsam allein seien die einzigen Garanten für dauerhaften Erfolg, gleich welcher Art. Begabung und Gehorsam seien keineswegs, wie die Verfechter des eigenen Kopfes glauben machen wollten, dem einen in die Wiege gelegt, dem anderen nicht. Begabung und Gehorsam seien durch zielstrebige Förderung, unerbittliche Anleitung und strenge Schulung erlernbar und vermittelbar. Die Verherrlicher des eigenen Kopfes leugneten dies mit Hilfe der abenteuerlichsten Theorien, doch gebe ihnen die Geschichte der dauerhaft Erfolgreichen immer unrecht, denjenigen aber, die, wie sie, um die Bedeutung von Begabung und Gehorsam wüßten, immer recht. Niemals zu dulden sei deshalb die Berufung des jungen Menschen auf den eigenen Kopf, äußerstenfalls sei der junge Mensch mit seinem ja immer nur eingebildeten eigenen Kopf verlorenzugeben – zu dulden niemals.

Dies alles sei Lichtenberg von seiner späteren Schwiegermutter oftmals ausdrücklich dargelegt worden, habe sich jedoch nicht weniger deutlich aus ihrem verächtlichen Schweigen an jenem besagten Abend in der Lounge der Villa Ottone, als die Heirats- und nach ihrem Willen zugleich die Machtfrage eröffnet worden sei, sogleich und ohne weiteres ergeben und sei, so Lichtenberg, geradezu spürbar im Raum gestanden, weswegen sich jede Diskussion von vornherein erübrigt habe.

Dieses alte verknitterte Monstrum, habe er, so Lichtenberg, gedacht, ohne den Satz zu Ende zu denken, dieses alte, verknitterte Monstrum, das kleinlich und hartherzig seine Ignoranz als stärkste Waffe gegen die Welt führe, die es nicht begreife – diese mächtige Frau, die in ihrem wahnwitzigen Reich unendlicher Beschränkungen und Beschränktheiten unangefochten herrsche, in der unbeirrbaren Absicht, ihre Töchter und nun auch ihn zu genau dem zu machen, was sie selbst sei: einsam, eisern, herrschsüchtig. Sie sei nicht zu unterschätzen, habe er von Anfang an gedacht, sagte Lichtenberg.

Als Alleinerbin ihres früh verstorbenen Mannes, so habe er von Lisa erfahren, sei es ihr gelungen, die ihr zugefallene Kabelfabrik mit harter Hand auszupressen, ohne jemals einen Tag zu arbeiten. Gegenüber der Geschäftsführung des Unternehmens, die versucht habe, sie als Hauptgesellschafterin in wichtige Entscheidungen einzubeziehen – nicht zuletzt, um sich selbst zu entlasten –, habe sie, so Lisa über ihre Mutter zu Lichtenberg, unmißverständlich klargemacht, sie wisse vom Geschäft überhaupt nichts, ausgenommen eine einzige Sache.

Das einzige, was sie nämlich über das Geschäft wisse, sei, daß die Gewinne unablässig steigen müßten, und sie weigere sich strikt, über das Geschäft jemals mehr zu wissen und wissen zu wollen, als daß die Gewinne unablässig steigen müßten, und sie bitte sie, die Geschäftsführung, sich an diesem ihrem einzigen Wissen vom Geschäft zu orientieren, denn orientiere sie sich nicht an diesem ihrem einzigen Wissen vom Geschäft, werde sie, die Geschäftsführung, in Bausch und Bogen von ihr, der Hauptgesellschafterin, entlassen und durch eine neue ersetzt.

Er, Lichtenberg, wisse nicht, ob diese Haltung der Mutter Orlow wirklich einen zählbaren Einfluß auf das Geschäftsergebnis der Kabelfabrik gehabt habe, aber der Familienmythos wolle es, daß nach Antritt der Erbschaft durch Mutter Orlow das Unternehmen zu vorher nicht gekannter Blüte geführt worden sei.

Am liebsten wäre es ihm, wechselte Lichtenberg nun unvermutet das Thema, wenn er jetzt in Ruhe gelassen würde, denn er habe soviel erzählt und wisse gar nicht genau, ob alles stimme, was er gesagt habe. Wenn es durch ihn, den Vernehmenden, weitergegeben werde, bekomme es gewiß eine ganz andere Färbung und werde am Ende allein dazu gut sein, ihn, Lichtenberg, zu belasten. Er wisse das, er sei Jurist, niemand mache ihm da etwas vor. Wenn er dennoch rede, immer weiter rede, als ob es seiner Verteidigung diene, obwohl es in Wirklichkeit nur seine Verurteilung befördere, so tue er es allein, weil ihm der Gedanke gefalle, daß die Offenbarung seiner selbst die denkbar schwerste Bestrafung für ihn nach sich ziehe.

III.

Befragt, ob er nunmehr die Fluchtgeschichte zu Protokoll geben wolle, atmete Lichtenberg tief durch, lächelte wie erleichtert und antwortete ja, obgleich er wisse, wie er sagte, daß er sich mit dieser Geschichte weiter belasten werde im Sinne der zu erwartenden Anklage, aber das sei Teil des Spiels und er sei gewiß kein schlechter Spieler, weswegen er seinen Gegnern die eine oder andere Vorgabe gewähren könne, auch wenn sein Leben selbst der Einsatz sei, um den es gehe.

Es sei nicht zu verstehen, wie es zu der Flucht gekommen sei, wenn man sich nicht vergegenwärtige, wie aufgeheizt die Atmosphäre in der Villa Ottone nach der Eröffnung der Heiratsabsicht durch Lisa und ihn sowie der unumwundenen Ablehnung derselben durch die Mutter Orlow gewesen sei. Eine ganze Woche lang hätten Lisa und er unter Aufbietung all ihrer seelischen Kräfte versucht, den Schein der disziplinierten Familienharmonie zu wahren, die die Mutter Orlow generell verordnet und nach Verkündung der Heiratsabsicht besonders unnachsichtig angestrebt habe.

Er, Lichtenberg, habe seit der Heiratsabsichtsankündigung unter schärfster vorweggenommener Schwiegermutterbeobachtung gestanden, was insoweit paradox gewesen sei, als die Beobachterin ja gerade mit allen Mitteln habe verhindern wollen, seine Schwiegermutter zu werden. Dennoch sei nach der Heiratsabsichtsankündigung jede Geste, jeder Blick, jede Bewegung seinerseits von der Mutter Orlow mit der größten Aufmerksamkeit und dem größten Mißtrauen zugleich wahrgenommen worden. Lisa und er, so Lichtenberg, seien in der Meinung, durch die Heiratsabsichtsankündigung einen unverzeihlichen Fehler begangen zu haben, die gesamte folgende Woche damit beschäftigt gewesen, denselben wiedergutmachen zu wollen, wenngleich vollends vergeblich, denn durch ihren unerschütterlichen Argwohn habe die Mutter Orlow klargemacht, daß es hier nichts wiedergutzumachen gebe.

Sämtliche gemeinsamen Mahlzeiten, die sie unter ihren strafenden Blicken eingenommen hätten, zu den von ihr angeordneten Zeiten, schweigend, ohne Widerrede, wie verängstigte Schulkinder, seien ihnen buchstäblich im Halse steckengeblieben und ihm, Lichtenberg, sei der Appetit nach drei Tagen überhaupt völlig vergangen, wie auch jegliche Lust, sich weiter von der Mutter Orlow schikanieren zu lassen.

Freilich habe er gesehen, wie Lisa unter der Bestrafung durch ihre Mutter gelitten habe – nicht mit der Würde einer fünfundzwanzigjährigen, gebildeten selbstbewußten Frau, sondern trotzig wie ein kleines garstiges Mädchen, das an der Ungerechtigkeit der Welt verzweifle. In ihrem Protest gegen ihre Mutter, so Lichtenberg, habe Lisa jegliche Form, jegliche Haltung und damit auch jegliche Wirkung vermissen lassen. Sei sie sonst beredt und geistesgegenwärtig gewesen, hätten ihr gegenüber der Mutter die einfachsten Worte gefehlt. Lisa sei niemals imstande gewesen, gegenüber der Mutter anders als hysterisch und kreischend und damit folgenlos Position zu beziehen.

Er, Lichtenberg, habe deshalb nach drei Tagen schwiegermütterlicher Dauerbestrafung Lisa unter vier Augen in deren Suite im ruhigsten Ton, aber in der eindringlichsten Weise auf die Notwendigkeit hingewiesen, sich endlich von der Mutter zu lösen, was um so dringlicher sei, als hier offenkundig über Jahre und Jahrzehnte das Wesentlichste versäumt worden sei. Wo, so habe er Lisa gefragt, käme eine erwachsene junge Frau hin, wenn sie sich von ihrer Mutter diktieren lasse, wen sie lieben dürfe und wen nicht? Wo käme sie, Lisa, hin, wenn sie nicht jetzt, da es höchste Zeit sei, ihren eigenen Weg gehe, gleich, ob ihn die Mutter billige oder nicht? In die ewige Mutterfalle gerate sie, habe er zu ihr gesagt, sie brauche sich nur umzusehen hier in der Villa Ottone: Sei es nicht auffällig, wie viele vergreiste Eltern hier mit ihren frühvergreisten Kindern herumsäßen? Es sei eine Besonderheit, die an erlesenen Orten wie diesem häufiger als anderswo beobachtet werden könne, weil sie, wie ihm scheine, unter den Reichen bewußt oder unbewußt besonders gepflegt werde und unweigerlich nach und nach zu deren völliger Verblödung führe.

Er spreche, habe er gesagt, von dieser aberwitzigen Kinderverhätschelung, die immer auch eine aberwitzige Kinderquälerei sei. Im Geiste der Eltern würden die

Kinder aufgezogen und reich belohnt, wenn sie ihnen folgten. Sobald sie jedoch anfingen, Eigenheiten zu entwickeln, hielten die Eltern dies für Rebellion und befürchteten die vorzeitige Kindsflucht, welche ihr Leben veröden würde, weil sie mit nichts anderem befaßt seien als mit pausenloser Kinderverhätschelung. Also trieben sie ihren Kindern jegliche auch nur im Ansatz auftauchenden Eigenheiten sofort aus und gestalteten sie ganz und gar nach ihrem Ebenbild, bis nichts übrigbleibe als eine jüngere Nachbildung ihrer selbst, die ohne sie nicht lebensfähig und deshalb an sie gekettet sei.

Lisa, so habe er gesagt, müsse sich nur umsehen, diese Kinder begegneten einem überall hier. Oft seien es fünfzig-, sechzig-, ja siebzigjährige Männer und Frauen, zumeist sogenannte Einzelkinder, die mit ihren siebzig-, achtzig-, ja neunzigjährigen Eltern in der Lounge der Villa Ottone in jenen schweren, schwarzen, würfelförmigen Klubsesseln herumsäßen und schwachsinnig vor sich hin starrten, völlig zerstört von ihrer alles erdrückenden Haßliebe zueinander. Ihre Gesichter glichen sich verräterisch, in jenen der Kinder wiederholten sich die Züge der Eltern, aber weniger deutlich, nicht wirklich, nur als mißlungene Nachahmung. Da sie ja ihre Eltern nicht wirklich seien oder jemals werden könnten, müsse es immer Mimikry bleiben, was die Kinder betrieben, und die Eltern beklagten sich deshalb, ihre Kinder seien Versager, die Kinder hingegen jammerten, ihre Eltern verstünden sie nicht. Recht hätten sie alle beide, habe er gesagt, und seien dennoch alle miteinander nicht zu retten.

Lisa, so habe er gesagt, sei auf dem besten Weg, in diese Elternfalle, die in ihrem Fall ausschließlich eine Mutterfalle sei, immer weiter hineinzugeraten, und er sehe keine Hoffnung für sie, wenn sie nicht radikal umkehre und die Mutter Orlow auf der Stelle und mit ihm zusammen verlasse.

Lisa, erklärte Lichtenberg, sei beeindruckt gewesen von seiner Rede, immerhin die eines Neunzehnjährigen an eine Fünfundzwanzigjährige, wie man nicht vergessen dürfe, und besonders seine jugendliche Unversöhnlichkeit, so habe sie später einmal zu ihm gesagt, habe sie dabei überzeugt. Gleichzeitig sei sie freilich geradezu angstdurchsetzt gewesen, so Lichtenberg, denn sie sei es lediglich gewöhnt gewesen, sich den Bruch mit der Mutter vorzustellen, nicht aber, ihn wirklich zu planen.

Weitere fünf Tage habe er gebraucht, so Lichtenberg, um Lisa die Mutter aus- und die mögliche Flucht einzureden. Als es darum gegangen sei, eine mögliche Flucht aus der Villa Ottone und vor der Mutter Orlow zu planen, sei das größte Problem natürlich das Geldproblem gewesen, sagte er, denn habe er auch an nichts, was man sich nur vorstellen könne, Mangel gelitten, hätten ihm doch nur völlig unzureichende Barmittel für eine gemeinsame Flucht mit Lisa und den damit verbundenen Aufwand zur Verfügung gestanden. Lisa hingegen habe eine Kreditkarte gehabt, die zwar auf ein Konto von

Mutter Orlow gelaufen, aber besser als nichts gewesen sei.

Um sicherzugehen, daß ihnen Mutter Orlow nicht das Konto sperren lasse, wenn sie unterwegs seien und das Geld am nötigsten bräuchten, sei Lisa an einigen der folgenden Tage in die Stadt, nach Portoferraio, gefahren und habe jeweils größere Geldbeträge in Lire und Dollar abgehoben, umgerechnet insgesamt etwa zwanzigtausend Mark. Die ganze Zeit über sei sich Lisa noch nicht schlüssig gewesen, was sie tun werde, aber endlich sei es ihm, Lichtenberg, gelungen, sie zum Abhauen zu überreden, sie seien ein letztes Mal zusammen in die Stadt gefahren und hätten gemeinsam Geld geholt. Am Abend hätten sie wieder mit der Mutter Orlow und Olga zusammen gegessen, wie alle Tage in der Villa Ottone. Wortlos hätten sie die Henkersmahlzeit, wie sie sie bei sich genannt hätten, eingenommen, ohne sich ihren Entschluß auch nur im geringsten anmerken zu lassen.

In aller Herrgottsfrühe, so Lichtenberg, seien Lisa und er aufgebrochen, ohne Frühstück, nur mit dem nötigsten Gepäck versehen, und hätten sich zu Fuß von der Villa Ottone nach Portoferraio zum Hafen davongemacht, um mit der ersten Fähre am Morgen nach Piombino aufs Festland überzusetzen. Davongemacht, sage er, aber sie hätten kein schlechtes Gewissen gehabt, eher die Empfindung, etwas längst Fälliges endlich nachzuholen, in dem Wissen allerdings, sich dadurch mit der ganzen Welt, in der sie bis dahin gelebt hätten, anzulegen.

Fröhlich, etwas unausgeschlafen, seien sie die unbefahrene, menschenleere Asphaltstraße zum Ort hinuntergelaufen, begeistert von den Gerüchen der Pflanzen, deren Namen sie nicht kannten, die frische Morgenluft in ihren dünnen Kleidern. Auf dem Markt in Portoferraio hätten sie Wurst, Käse, Brot und Wein eingekauft für die bevorstehende Zugfahrt von Piombino nach Rom. Wie am ersten Tag eines neuen Lebens hätten sie sich gefühlt und dies auch immer wieder ungläubig zueinander gesagt, es nachgerade beschworen. Alles, was sie getan hätten, sei ihnen plötzlich bedeutungsvoll erschienen – der Kauf der Tickets für die Fähre, der Einkauf auf dem Markt, die Fragen nach der Zugverbindung von Piombino nach Rom. Dies alles seien Akte gewesen, so Lichtenberg, die weit über ihren sichtbaren Gehalt hinaus ihre Wichtigkeit besessen hätten, denn sie seien Verheißungen des Neuen gewesen, das Lisa und er begonnen hätten.

Auf der Fähre sei ihm fürchterlich übel geworden, er habe sich zweimal über die Reling ins Meer übergeben müssen, was ihm vor Lisa außerordentlich peinlich gewesen sei, doch hinterher habe Lisa seinen Kopf in ihren Schoß gelegt und gestreichelt zum Zeichen, daß sogar solche Anfechtungen ihrem gemeinsamen Plan nicht gefährlich werden könnten.

Im Zug von Piombino nach Rom hätten sie mit der gleichen Ausführlichkeit gezecht, wie sie ihnen bei den Italienern aufgefallen sei, hätten in ihrem Zugabteil am Fenster den Sonnenschein genossen, sich gegenseitig die Weinflasche gereicht und dabei einem staunenden deutschen Studentenpaar mit Rucksäcken erklärt, sie flögen von Rom nach New Orleans, um dort zu heiraten, was von diesen ganz ungläubig aufgenommen worden sei.

In Rom seien sie auf dem schnellsten Weg mit einem Taxi zum Flughafen gefahren, um sich Tickets nach New Orleans zu besorgen. Sie hätten ein Hotelzimmer gebucht und einen Mietwagen bestellt, alles komplett.

Lichtenberg habe eine weitere Weinflasche, die er sich im Zug, im Speisewagen, besorgt habe, mit sich herumgetragen und ab und zu daraus getrunken. Es habe ihn geärgert, als Lisa – plötzlich fahrig und aggressiv – versucht habe, sie ihm wegzunehmen, und er habe die Flasche deshalb demonstrativ vor Lisa in aller Ruhe ausgetrunken und sich später am Flughafen zum Trotz noch eine Flasche gekauft und geleert, bis ihr Flugzeug gestartet sei. Er habe den Eindruck gehabt, Lisa leide unter Gewissensbissen, sie denke an ihre Mutter und sei sich nicht sicher, ob sie nach New Orleans wolle. Als er ihr das gesagt habe, sei sie zornig geworden und habe gemeint, sie sei schließlich kein Kind mehr, womit sie, die Fünfundzwanzigjährige, ihn, den Neunzehnjährigen, beleidigt habe, ob absichtlich oder unabsichtlich könne ohne weiteres dahinstehen.

Wenn sie glaube, habe er verletzt und ziemlich angetrunken zu ihr gesagt und sei dabei etwas unsicher aufgestanden, er befinde sich hier am römischen Flughafen und wolle mit ihr nach New Orleans fliegen, weil er ein

Kind sei, irre sie sich allerdings von Grund auf. Er sei hier am römischen Flughafen und wolle mit ihr nach New Orleans fliegen, weil sie beide keine Kinder mehr seien und er, der Neunzehnjährige, dies ihr, der Fünfundzwanzigjährigen, endlich klarzumachen versuche. Solle sie doch zurückgehen zu ihrer Mutter in die Villa Ottone und sich dort abstrafen lassen für die Ungeheuerlichkeit, ohne vorherige Genehmigung eigenmächtig nach Rom gefahren zu sein. Allein schon ihre Rückkehr werde der Mutter in allem recht geben und beweisen, daß sie, Lisa, es noch immer nicht geschafft habe, erwachsen zu werden. Es gehe nicht darum, am römischen Flughafen zu sitzen, um eine ungenehmigte Urlaubsreise nach New Orleans anzutreten, es gehe vielmehr um ihre, Lisas, Freiheit. Am allermeisten aber, habe er gesagt, gehe es um Lisas und seine Liebe zueinander, die unter der Fuchtel der Mutter Orlow nur verkümmern und absterben könne, weil ihr die Mutter Orlow alle Lebenskraft entziehe.

IV.

Befragt, wie es weitergegangen sei, antwortete Lichtenberg, nach sechzehn Stunden Flug seien sie in New Orleans gelandet, und anders als Lisa habe er zum erstenmal den amerikanischen Kontinent betreten, und als er aus dem kühlen, vollklimatisierten Flugzeug hinaus in die heiße, erdig-feuchte Nachtluft der Sümpfe getreten sei, sei er sich sicher gewesen, auf einem fremden Planeten gelandet zu sein. Die Atmosphäre habe der Anpassung bedurft, jede Orientierung habe gefehlt, und er habe sich sagenhafte Vorstellungen von den hiesigen Bewohnern und ihren Gebräuchen gemacht.

Ihm sei auf der Stelle klargeworden, daß alles, was in der Villa Ottone geschehen sei, ihm hier allenfalls im Traum begegnen könne, weil es schlechterdings nicht wirklich sei. Die Mutter Orlow, das Orlowsche Familienmolekül, der Streit um die Hochzeit, das alles habe hier in New Orleans plötzlich nur noch in Lisas und seinem Kopf existiert, einzig um sie gewahr werden zu lassen, wie überlegen sie all diesen Widrigkeiten seien, denn es bestand keinerlei Anlaß, sich um diesen heillosen Unfug noch weiter zu kümmern.

Er habe gehofft, Lisa würde dies genauso sehen wie er, der sogleich nach ihrer Ankunft siegesgewiß und vollkommen unerschrocken gewesen sei, aber Lisas Laune habe sich nach der Ankunft in New Orleans kaum gebessert, sie habe, wann immer sich ihre Blicke begegnet seien, schuldbewußt und etwas gequält gelächelt, so daß ihre Befürchtungen und Bedenken für ihn ohne weiteres zu erkennen gewesen seien.

Von Rom aus hätten sie ein Zimmer im St. Charles Guest House in der St. Charles Street nahe dem French Quarter gebucht, ohne zu wissen, ob dieses Etablissement ihren Vorstellungen von einem Hotel, wie es in New Orleans vernünftigerweise zu beziehen sei, entspreche, und sie hätten den nächsten Shuttle-Bus vom Flughafen aus genommen, um dort hinzugelangen. Für ihn, Lichtenberg, habe beim Warten und Einsteigen in den Bus und beim Fahren durch die Außenbezirke und in die Stadt hinein alles, was er mit seinen fünf Sinnen wahrgenommen habe, eine solch überwältigende Präsenz erlangt, daß sich jeder noch so geringe Zweifel an Lisas und seiner Reise nach New Orleans einfach lächerlich ausgenommen habe. Es habe auf der Hand gelegen, daß diese vollkommen fremde Welt diejenige sein könne, die ihnen die Beschränktheit und Verwerflichkeit der eigenen, familiären, heimischen vor Augen führen werde.

Was, so habe er sich gefragt, zählten hier die beschränkten und verknöcherten Ansichten einer Mutter Orlow, die sie Tag für Tag in der Villa Ottone verbreite?

Der Shuttle-Bus habe sie, Lisa und Lichtenberg, irgendwo in der Innenstadt abgesetzt, die nächtliche Hitze, so Lichtenberg, habe geradezu berauschend auf ihn gewirkt, als sie, beladen mit ihrem Gepäck, die St. Charles Street stadtauswärts gewandert seien.

Angesichts der völlig unbekannten Verhältnisse, die ihn umgeben hätten, sei ihm, als einzige Konstante zu den Verhältnissen daheim, die Wirkung der Schwerkraft aufgefallen, was seine Euphorie auf merkwürdige Weise noch verstärkt habe.

Sie seien über den St. Charles Place gegangen, den in seiner Mitte eine monumentale Säule ziere, an deren Fuß sich widerwärtiges Gesocks zusammengerottet habe, vermutlich in der Absicht, frisch angekommene, orientierungslose Touristen um ihr Gepäck zu erleichtern. Sämtlich Schwarze, die auf den Stufen unter der Säule nebeneinander gehockt seien wie die Geier und sie, Lisa und Lichtenberg, das habe er deutlich gespürt, schon von weitem als mögliche Beute ins Auge gefaßt hätten.

Ohne jede Angst sei er gewesen, so Lichtenberg, obwohl er, was derlei Situationen angehe, nicht zu den Furchtlosen zähle. Die heiße, feuchte Luft habe sich auf seine Haut gelegt wie ein Schutzschild. Gewandt und unverwundbar sei er sich vorgekommen.

Zwei, so Lichtenberg, hätten sich von dem um die Säule herumlungernden Pulk gelöst und seien auf Lisa und ihn zugegangen, in der erkennbaren Absicht, sie anzuquatschen. Mit erhobenem Kinn sei er weitergegangen, habe zu Lisa nur gesagt: «Komm, wir gehen weiter!», und sie sei ihm gefolgt und sie seien förmlich durch die beiden Typen, die sich direkt vor ihnen auf dem Gehsteig aufgebaut hätten, hindurchgegangen.

Als seien diese mutmaßlichen Straßenräuber Luft gewesen, hätten sie sie einfach stehenlassen, und diese hätten auch gar nichts gesagt, seien ohne weiteres hinter ihnen zurückgeblieben, es habe nichts gegeben, keinen Wortwechsel, keine Drohung.

Er wisse nicht, ob sie wirklich einem Überfall entgangen seien oder ob ein Überfall nur in seiner Einbildung geplant gewesen sei. Damals aber sei er wie Lisa der Überzeugung gewesen, seine furchtlose Ausstrahlung habe den bevorstehenden Überfall abgewehrt, die Gangster hätten von ihnen abgelassen, weil er, Lichtenberg, ihnen völlig ohne Angst begegnet sei und sie damit über die Maßen verblüfft habe. Vielleicht seien die Gangster auch einfach zwei junge Männer gewesen, die sich entschlossen hätten, vom St. Charles Place nach Hause zu gehen, gerade als Lisa und er dort vorbeigekommen seien. Wer könne die Antwort wissen? – Niemand brauche sie zu wissen, denn wichtig sei an der ganzen Geschichte allein, wie Lisa und er sich dabei gefühlt hätten.

Lichtenberg habe hinterher auf Lisa eingeredet, sie müsse sich nicht länger sorgen, sie solle nicht länger an ihre Mutter in der Villa Ottone denken, denn seine Furchtlosigkeit, die auch ihre Furchtlosigkeit sein könne, beschere ihnen, wie sie sehe, ganz neue Möglichkeiten.

Lisa habe wiederum tapfer gelächelt und er, Lichtenberg, habe versucht sie durch sein begeistertes Gerede nach und nach in die gleiche Hochstimmung zu versetzen, in der er sich selbst seit ihrer Ankunft in New Orleans befunden habe.

Es sei dies eine spezielle Geistes- und Gefühlsverfassung gewesen, die von Anfang an ungeheuer heftig gewesen sei und in die er sich nach und nach immer weiter hineingesteigert habe und deren Heftigkeit sich durch die für sie völlig fremdartige Umgebung und verschiedene merkwürdige Vorfälle wie den eben geschilderten noch gesteigert habe.

Wenn er heute an diese Zeit zurückdenke, komme es ihm so vor, als habe er eine Filmrolle zu spielen gehabt und sei sich dessen gar nicht bewußt gewesen. Wie jeder wirklich gute Film eine ganz bestimmte, nur ihm eigene Färbung im Betrachter zurücklasse, an die dieser sich noch erinnern könne, wenn er die Handlung und die Gesichter der Schauspieler längst vergessen habe, so habe auch dieser Aufenthalt in New Orleans in seiner Erinnerung eine ganz bestimmte, nur ihm eigene Färbung zurückgelassen, und diese sei ein schweres, dunkles, purpurnes Rot. Unverwechselbar habe es sich in seiner Vorstellung über alles gelegt, was sich damals ereignet habe, und auch jetzt, wo er davon spreche, sehe er diese Färbung vor sich.

In dem Gefühl, es würden ihn die Gesetze, unter die sich Normalsterbliche zu beugen hätten, plötzlich nichts mehr angehen, sei er mit Lisa in das St. Charles Guest House eingekehrt, wo sie erwartet und sofort auf ihr Zimmer gebracht worden seien. Der Mann an der Rezeption, der sich sogleich als der Hauseigentümer vorgestellt habe, ein weißer vollbärtiger Mittdreißiger mit ebenso gebildetem wie blasiertem Gesichtsausdruck, habe in einem fort dem Herrn gedankt, daß Lisa und ihm, Lichtenberg, nichts passiert sei, nachts allein auf der Straße, in dieser Gegend. Er habe sich beeilt, ihnen ihr Zimmer zu zeigen, als wäre dies der einzige Ort, in dem sie ihres Lebens hätten sicher sein können.

Es habe ihnen gefallen, denn es habe so ausgesehen, wie man sich gemeinhin ein Hotelzimmer in den Südstaaten von Amerika vorstelle: hohe, stuckverzierte Wände, an der Decke ein riesiger, sich langsam drehender dreiflügeliger Ventilator, ein Moskitonetz über dem schweren, hölzernen Doppelbett, ein feuchter, modernder, dunkelroter Teppichboden und eine schwach flimmernde, gelbliche elektrische Beleuchtung. Wunderbar hätten sie beide das gefunden und es sich sofort unter dem Moskitonetz bequem gemacht. Obwohl sie von der Reise erschöpft gewesen seien, habe sie ihre eigentümliche Euphorie wach gehalten.

Er, Lichtenberg, sei – eine filterlose Lucky Strike rauchend – in seiner Jeans mit bloßem Oberkörper auf dem Rücken gelegen und habe zugesehen, wie auf seiner Brust die Schweißtropfen aus den Poren getreten seien. Der Zigarettenrauch in seinem Mund sei glutheiß gewesen, wie die Luft. Am ganzen Körper hätte es ihm eigentlich zu heiß sein müssen, aber er habe die Hitze genossen wie ein Dampfbad, in dem man halb betäubt in sich versinke.

Noch in derselben Nacht seien sie wie auch in allen nun folgenden Nächten ins French Quarter gegangen, völlig neben sich wegen des Jet-lag und völlig überdreht, weil sie geglaubt hätten, plötzlich ihre gesamte bisherige Existenz hinter sich lassen zu können.

Die Tage hätten sie im Schatten dösend am Swimmingpool des Hotels verbracht. Einmal seien sie um die Mittagszeit dort gelegen, und es sei ihnen aufgefallen, daß sie beide Lust auf ein eiskaltes amerikanisches Dosenbier gehabt hätten. In den Supermarkt hätten sie nicht gehen wollen, das wäre zu langweilig gewesen, sie hätten es aber interessant gefunden, das Bier in dem Club zu trinken, in dem sie bisher jede Nacht, aber noch nie bei Tag gewesen seien, dem After Hours.

Also hätten sie sich in die Straßenbahn geschwungen und seien zum After Hours gefahren, aber das After Hours sei geschlossen gewesen, wie alle anderen Clubs daneben und in den Nebenstraßen auch. Niemandem seien sie hier begegnet, wo sie noch vor zehn Stunden unter Tausenden von Party people herumgestreunt seien, die hochgepeitscht und hysterisch von Musik und Alkohol nach immer neuen Vergnügungen gesucht hätten.

Jetzt sei noch nicht einmal einer dagewesen, der ihnen ein Bier verkauft hätte.

Vor einem niedrigen fensterlosen, weißgetünchten Bretterverschlag seien sie stehengeblieben, weil über der Tür, in die ein verrostetes Fliegengitter eingesetzt gewesen sei, ein Schriftzug Budweiser verheißen habe.

Von draußen sei durch das Fliegengitter nichts zu sehen gewesen, keine Beleuchtung, keine Leute, aber am Türknauf habe ein Schildchen gehangen, we're open, also seien Lisa und er hingegangen und hätten die Tür geöffnet.

Ihr Blick sei auf ein winziges Blechtischlein in der Mitte einer finsteren, bis auf die Theke, eine Jukebox und eine Kühltruhe leeren Bar gefallen, an dem auf drei ebenfalls winzigen Blechstühlchen drei riesige ältere Schwarze gesessen seien, jeder eine Bierdose vor sich und ihnen, den in der Tür Stehenden, gleichzeitig und ohne einen Laut die überraschten Gesichter zuwendend.

Lisa und er hätten nicht mehr hineingehen wollen, nachdem sie die Tür geöffnet hätten, aber irgendwie wäre es unhöflich gewesen, sie einfach wieder zu schließen, und so seien sie eingetreten und hätten sich an ein zweites winziges Blechtischchen gesetzt, das weiter hinten im Raum, erst nach dem Eintreten für sie sichtbar, nahe der Kühltruhe gestanden sei. Die drei Schwarzen hätten nichts gesprochen und seien ziemlich verärgert über die Eindringlinge gewesen, aber das sei ihm, Lichtenberg, erst viel später aufgegangen, nicht jetzt, als Lisa und er sich an das zweite winzige Blechtischchen gesetzt hätten, ohne hierzu durch entsprechende Gesten und Blicke eingeladen worden zu sein.

Mit freudigem Touristengrinsen, ahnungslos, so Lichtenberg, sei er mit Lisa dagesessen, habe geschwiegen und ab und zu möglichst unauffällig zu den drei Schwarzen hinübergesehen, die ihre Unterhaltung nach einer Weile wieder aufgenommen hätten. Ziemlich schnell sei es laut zwischen ihnen zugegangen, so als hätten sie sich an den Streit erinnert, in dem sie durch das Hereinkommen von Lisa und Lichtenberg kurz zuvor unterbrochen worden seien.

Bald habe sich einer der drei, der Lichtenberg schon vorher wegen seiner besonderen Lautstärke wie der Wirt vorgekommen sei, erhoben und habe, nach einem plötzlichen Sprung zu Lisas und Lichtenbergs Blechtischchen hin, abfällig und beinahe drohend gefragt, womit er dienen könne.

Sie hätten auf geradezu alberne Weise freundlich zwei Dosen Bier bestellt, die der Wirt, als fange er einen Fisch aus einem Aquarium, ohne hinzusehen mit einer Hand aus der Kühltruhe geangelt und ihnen wortlos auf ihr Blechtischchen geknallt habe.

In der Absicht, von vornherein nichts schuldig zu bleiben, so Lichtenberg, habe er an den Wirt die Frage gerichtet, was das koste, und ihm, der Antwort entsprechend, zwei Dollar bezahlt.

«Wir wollen nicht unhöflich sein, aber sofort nachdem wir das Bier ausgetrunken haben, empfehlen wir uns zielstrebig, aber unauffällig», habe er zu Lisa gesagt.

Sie hätten schnell getrunken, die Schwarzen am Nebentisch sich nicht weiter um ihre Gäste gekümmert, da sei einer hereingekommen, so Lichtenberg, der nur zu gut sichtbar jede Menge Ärger mit sich herumgetragen und mit sich gebracht habe, ein langer, dürrer, pockennarbiger Schwarzer, nicht älter als fünfundzwanzig, mit einer umgedrehten Baseballkappe auf dem Kopf, der die Tür geöffnet, Lisa gesehen und gleich Stielaugen bekommen habe.

Lichtenberg sei ohne weiteres klar gewesen, daß es jetzt Schwierigkeiten geben werde. Der Typ sei beim Gehen in den Knien eingeknickt wie eine Marionette und habe mit heller, brüchiger Stimme unverständliches Zeug herauspalavert, das von den drei Alten am anderen Blechtischchen gar nicht beachtet worden sei.

Also habe er ungefragt bei Lisa und Lichtenberg Platz genommen und, so Lichtenberg, ganz ungeniert begonnen, Lisa zu bequatschen, es habe nur entfernt geklungen wie eine menschliche Sprache, in Wirklichkeit sei es einfach eine Abfolge obszöner, anzüglicher Laute und Geräusche gewesen, die er von sich gegeben habe, ohne Lisa aus den Augen zu lassen und ihn, Lichtenberg, auch nur einmal anzusehen.

Es sei Lichtenberg klar gewesen, sagte er, daß jedes Wort von ihm an diesen Typen die allergrößten Schwierigkeiten hätte heraufbeschwören können, also habe er geschwiegen und gehofft, der Typ werde Lisa, soweit das überhaupt noch zu hoffen gewesen sei, in Ruhe lassen. Da seien weitere vier oder fünf jüngere Schwarze zur Tür hereingekommen, von denen sich alle bis auf einen mit großem Geschrei, scheinbar ohne irgend jemand zu beachten, zu einem Billardtisch in einer Ecke am anderen Ende des Raumes bewegt hätten.

Der eine aber sei kurz vor der hinter ihm ins Schloß fallenden Tür stehengeblieben, habe den bei Lisa und Lichtenberg sitzenden Typen ausgemacht und sich daraufhin mit irgendwie streng erzieherischem Blick ihrem Blechtischchen genähert. Sein Englisch sei für Europäer ausgezeichnet zu verstehen gewesen, er habe den Typen mit Michael angesprochen und ihm gesagt, er solle die Schnauze halten.

Ein junger Gentleman, habe Lichtenberg gedacht und ihm einen Stuhl angeboten. Der junge Mann habe angenommen. Es habe sich ein kurzes Gespräch ergeben, in dessen Verlauf er festgestellt habe, daß der junge Gentleman komplett besoffen, aber immer noch gut genug in Form gewesen sei, um den Typen zu kontrollieren, der jetzt allerdings eine Runde Bier bestellt habe – eine Einladung, die nicht gut auszuschlagen gewesen sei.

Michael habe der Typ geheißen, James der Gentleman, sie hätten sich vorgestellt und nun ihre Fragen gestellt.

«Are you married? Where do you come from? Are you scared?»

James sei der gewesen, auf den Lichtenberg sich halbwegs habe verlassen wollen, Michael der, der zu fürchten gewesen sei, James habe bald gesagt, er würde jetzt kurz über die Straße gehen, sich was zu essen holen und später wieder kommen. Michael sei aufgestanden und zur Jukebox neben der Tür gegangen, nicht ohne Lichtenberg mit einem Fingerzeig klarzumachen, daß er mitkommen solle, doch er sei ihm nicht gefolgt.

Lisa und Lichtenberg hätten sich etwas ratlos angesehen, wie sollten sie hier jetzt mit Anstand wieder herauskommen?

Von einem bestimmten Standpunkt aus betrachtet, sagte Lichtenberg, sei es immer ganz einfach, aufzustehen und zu gehen – allein diesen Standpunkt einzunehmen sei meistens unmöglich.

James sei wiedergekommen, während Michael an der Jukebox irgendeine unerträgliche Disco-Nummer, so Lichtenberg, gewählt habe, der Refrain, «I wanna sex you up», habe ihn das Schlimmste ahnen lassen, und mit dem Gefühl, es könne jetzt alles passieren, seien seine Blicke Michael gefolgt, der vor der Jukebox zu tanzen angefangen habe und sich, lächerlich spillerig ruckend und zuckend und dabei frech grinsend, in Richtung Lisa bewegt habe. James, der wieder neben ihm gesessen sei, habe ihn gewarnt, Michael sei einer von den «Reds», einer Gang hier aus dem Viertel.

Lichtenberg sei nicht recht klar gewesen, wie er aus dieser Warnung hätte Nutzen ziehen können.

Michael habe sich auf seinen Stuhl gehockt und sei mit ihm zu Lisa hingerückt, mit hoher Stimme zum Refrain mitsingend «I wanna sex you up», Lichtenberg habe sich umgesehen, wer ihm helfen würde, möglicherweise James, sonst keiner, und James sei vollkommen blau gewesen.

Michael übrigens, so Lichtenberg, habe ihm von Beginn an den Eindruck gemacht, als würde er unter Drogen stehen, er sei so fahrig gewesen, so hyperaktiv, irgendwie in allem zu schnell. Plötzlich sei das Lied zu Ende gewesen und Michael habe mit der unvermutet eintretenden Stille mitten in seinem im Sitzen weitergeführten Tanz innegehalten und ein «Oooh» herausgestöhnt, das offenbar hätte bedeuten sollen, gerade jetzt, wo es am schönsten sei, müsse die Musik aufhören.

Michael sei wieder aufgestanden und habe ihm, Lichtenberg, wieder zugewinkt, er solle zur Jukebox mitkommen. Meinetwegen, habe sich Lichtenberg gedacht, er könne Lisa wohl kurz ohne Gefahr bei James lassen, und sei Michael gefolgt, denn er habe ihn nicht verärgern wollen.

Sie seien vor der Jukebox gestanden und Michael habe gefragt: «What do you want?»

Lichtenberg habe die Frage nicht begriffen.

Michael sei deutlicher geworden, habe eine Münze in die Jukebox eingeworfen, «I wanna sex you up» gewählt und gefragt: «You want a black puss?»

Unverbindlich freundlich, ziemlich nervös und verklemmt habe Lichtenberg sich bedankt, dabei zugleich um Verzeihung bittend, wie ein Vegetarier etwa, dem von einem Ahnungslosen Fleisch angeboten werde.

«Are you married?» habe Michael abermals wissen wollen. «Yes, we are married», habe Lichtenberg erneut geantwortet.

«I got some crack here for you», habe er ganz beiläufig gegen die Jukebox hingeraunt und übergangslos mit lauter Fistelstimme wieder «I wanna sex you up» zu singen begonnen.

Noch demütiger als zuvor und mit herzlichem Lächeln habe Lichtenberg auch dieses Angebot abgelehnt, Michael habe seine dürren Arme halb abgewinkelt vom Oberkörper weggestreckt und einen tuntigen kleinen Tanz aufgeführt und gefragt:

«You got twohundredandfifty dollars with you?»

Scheiße, habe Lichtenberg gedacht, denn diese Frage sei nur so zu verstehen gewesen, daß es jetzt darum gehe, alles Geld aus den Taschen zu holen und bei ihm abzugeben.

«What for?» habe Lichtenberg erwidert.

«You need a gun», habe Michael erklärt, weiter tanzend. «You know, for a man like you it's good to have a gun, you might get hurt if you haven't a gun.»

Er sei vor Lichtenberg herumgetänzelt und habe nicht mehr aufgehört von dieser Waffe zu reden und ihm zu erklären, er brauche sie unbedingt, sonst werde ihm etwas zustoßen.

«Show me that gun, do you have a gun?» sei er eingestiegen.

«Sure.» Michael habe zum Beweis tatsächlich kurz die Waffe aus der Innentasche seiner Baseball-Jacke herausgeholt und ihm über der Jukebox hingehalten, mit dem Rücken zu den anderen, so daß keiner es habe sehen können. Ein hübsches, schwarzes Stück, nicht größer als die Hand und wirklich griffig.

«O. k.», habe er zu Michael gesagt, «I give you two-hundred Dollars for it.»

Michael habe gegrinst, die Pistole wieder an sich genommen, wieder zu tänzeln begonnen und gesagt: «You got to be careful, it is loaded.» – Und dann wieder mit hoher Stimme gesungen: «And I wanna sex you up!»

Also habe Lichtenberg zweihundertfünfzig Dollar für diese kleine Pistole bezahlt, Michael und er seien kurz vor die Tür gegangen, und es sei alles ganz reell gelaufen, Michael habe Lichtenberg die – tatsächlich geladene – Waffe gegeben und Lichtenberg Michael das Geld.

Dann habe er Lisa aus dem Lokal geholt, die das Geschäft nicht mitbekommen habe, und sie seien ins Café du Monde gegangen, um im Freien zu sitzen und etwas zu trinken.

V.

Befragt, ob dies nun die gesamte Fluchtgeschichte gewesen sei, erklärte Lichtenberg, er sei im Begriff, dem Vernehmenden sein ganzes Leben zu erzählen, und gestatte sich daher eine gewisse Ausführlichkeit. Der Vernehmende reagierte mit dem Hinweis, allein, was für die Rekonstruktion der Tatumstände und die Überführung des Täters relevant sei, werde von ihm und von Amts wegen berücksichtigt, alles andere möge Lichtenberg bedeutsam erscheinen, sei es aber nicht, und er dürfe es nur erzählen, weil der Vernehmende auch noch im Nebensächlichsten nach Spuren zu suchen habe, die Lichtenbergs mögliche Täterschaft erweisen könnten.

Lichtenberg sah ins Leere vor sich hin, als wolle er das nicht glauben, und setzte seine Erzählung fort, nein, dies sei noch längst nicht die ganze Fluchtgeschichte gewesen, Lisa und er seien weitergezogen, weg von New Orleans nach New Mexico, denn Lisa habe schon damals ein ausgeprägtes Kunstinteresse gehabt, das er manchmal höchst anregend, dann wieder entnervend gefunden habe, und diesem Kunstinteresse hätten sie die Idee zu verdanken gehabt, weg von New Orleans nach New Mexico zu fahren. In der Nähe von Albuquerque nämlich gebe es ein Landschaftskunstwerk eines Landschaftskünstlers, der sich wegen dieses Landschaftskunstwerks weltweit in Fachkreisen größter Berühmtheit erfreue.

Auf einer unbewaldeten, versteppten Hochebene habe der Landschaftskünstler, anderthalb Autostunden von der nächsten menschlichen Ansiedlung entfernt, eine ziemlich komfortable Blockhütte errichtet, die für jeden Kunstinteressierten nächteweise zu mieten gewesen sei. Von der Veranda der Blockhütte aus reiche der Blick bis zu einem in geradezu unwirklicher Ferne emporragenden Gebirge, welches fein den Horizont säume. Nichts, weder ein natürliches noch ein künstliches Hindernis, schränke den Gesichtskreis ein, und Lisa habe Lichtenberg schon auf der Fahrt nach New Mexico immer wieder daran erinnert, daß hier zuallererst vermutlich Navahos ihre Götter gepriesen hätten, weil ihnen dieser Ort heilig gewesen sei.

Keineswegs aber allein wegen der schönen Aussicht, wie Lichtenberg zuerst vermutet habe, sondern insbesondere wegen der dort oben auf der Hochebene häufiger als irgendwo sonst sich entladenden Gewitter.

Den Landschaftskünstler habe das alles wohl ungemein angezogen, die schöne Aussicht und die vielen Gewitter, und er habe an der Stelle der dort einst befindlichen und längst von allen Indianern verlassenen indianischen Kultstätte eine künstlerische Kultstätte errichtet, zu der nunmehr aus aller Welt Kunstinteressierte gekommen seien, um in vierundzwanzig einsamen Stunden in der Blockhütte des Landschaftskünstlers dessen Landschaftskunst zu begreifen, die einige Meter entfernt von der Veranda beginne und sich über eine ganze Quadratmeile erstrecke.

Aberhunderte von übermannshohen, nach oben hin spitz zulaufenden stählernen Stangen, alle gleich lang und im gleichen Abstand zueinander, hätten diese Quadratmeile übersät und in Lichtenberg, wie er jetzt sagte, nichts anderes hervorgerufen als ein Gefühl unerträglicher Einsamkeit, die sich in seiner Brust zu regen begonnen habe wie ein dunkles, sich zur Wehr setzendes Tier. Der Anblick dieses Stangenwaldes, der ja eben gerade kein Wald, sondern eine ganz und gar künstliche Stangenanordnung gewesen sei, habe ihn, wie er sagte, einen vollständigen Naturverlust spüren lassen.

Er habe den Landschaftskünstler für seine stählernen Stangen verachtet, denn je länger er von der Veranda auf sie hinausgeschaut habe, desto gemeiner sei ihm nicht nur die Stangenanordnung erschienen, sondern auch der Umstand, daß sie gerade hier, in dieser unbewohnten und daher unberührten Gegend, vorgenommen worden sei. Es handle sich um eine bösartige künstlerische Naturverletzung, habe er auf der Veranda in einem kleinen Schaukelstuhl sitzend gedacht, und diese unnatürliche und letztlich auch unmenschliche, nicht den Gesetzen des Lebens, sondern den Gesetzen der Geometrie gehorchende Stangenanordnung betrachtet wie einen stummen ewigen Feind.

Einer der Cowboys aus dem nächsten Dorf, anderthalb Autostunden von dem Landschaftskunstwerk und der Blockhütte entfernt, habe Lisa und ihn hier frühmorgens, vor Sonnenaufgang, abgesetzt oder vielmehr sogar ausgesetzt.

Ohne Umweg habe er sich nach der Ankunft auf die Veranda begeben und sich in den kleinen Schaukelstuhl gesetzt, um das Landschaftskunstwerk in der aufgehenden Sonne bald als unnatürliche und letztlich unmenschliche und geradezu zynische stählerne Stangenanordnung zu erkennen.

Mit der langsamen Wanderung der Sonne hätten die Stangen das Licht andauernd anders reflektiert, was den befremdlichen Eindruck, den er von diesem gesamten Landschaftskunstwerk gewonnen habe, noch vertieft habe.

Von Stunde zu Stunde, von Minute zu Minute, von Sekunde zu Sekunde habe er beobachten können, wie das Licht heller oder dunkler, gelber oder röter, greller oder blasser geworden sei. Die Indianer, die hier früher angeblich gebetet hätten, hätten diese stählerne Stangenanordnung für eine frevlerische Herausforderung der Götter halten müssen, und das sei sie ja auch in einem ganz physikalischen Sinn gewesen, da die Stahlstangen die Gewitter hätten anziehen sollen, die sich ohnehin über diesem Hochplateau häufiger und heftiger als anderswo entladen hätten.

Von morgens an sei Lichtenberg deshalb natürlich in erster Linie in Erwartung von Gewittern auf der Veranda gesessen, wohlwissend, daß diese, wenn überhaupt, erst nachts losbrechen würden, so habe es der Cowboy gesagt.

Lisa habe in der Blockhütte in Kunstbüchern über das Landschaftskunstwerk gelesen und sei erst, als sich die Sonne schon recht weit gegen Mittag erhoben habe, auf die Veranda herausgekommen. Ein großgeblümtes, ganz leichtes Baumwollkleidchen habe sie getragen, das sie zusammen in New Orleans gekauft hätten, weil es sie an die Kleider artiger Farmerstöchter erinnert habe, wie sie sie aus amerikanischen Fernsehserien gekannt hätten. Lisa habe eine große schwarze Sonnenbrille aufgehabt, die im Kontrast zu dem Kleid gestanden und es als Zitat ausgewiesen habe, ebenso wie ihre schweren schwarzen Straßenschuhe. Ohne mit ihm zu sprechen, sei sie vor ihm auf der Veranda auf und ab gegangen in merkwürdiger Manier, als habe sie ihm pantomimisch etwas mitteilen wollen, was aber nicht wirklich der Fall gewesen sei. Er habe sie angelächelt, und als sie bemerkt habe, daß ihr sein Lächeln beim Auf- und Abgehen auf der Veranda gefolgt sei, habe sie ihm mit ernstem Gesicht zugenickt, als habe er ihr ein Zeichen gegeben hinauszugehen, mitten hinein in das Landschaftskunstwerk, zwischen die stählernen Stangen.

Sei ihnen morgens vor Sonnenaufgang die Luft beinahe frostig erschienen, habe jetzt eine stechende trokkene und aggressive Hitze geherrscht, die einem, wie Lichtenberg meinte, die Nerven angefressen habe, ganz anders als die feuchte, schwüle Hitze in New Orleans, die zumindest ihn innerlich gefestigt habe. Darum sei er auf der überdachten Veranda geblieben und hätte sie um keinen Preis verlassen, auch nicht, um Lisa, wie sie es möglicherweise erwartet habe, zwischen den stählernen Stangen zu jagen.

Es sei ihm auch nicht geheuer gewesen, daß Lisa so lange da draußen herumgeturnt sei, sie habe nach den Stangen gegriffen und forschend an ihnen hochgesehen, und ihm sei gewesen, als müsse sie jedesmal wieder, wenn sie hinfasse, ein elektrischer Schlag treffen, aber das sei nie geschehen, und so sei er schließlich in die Küche gegangen und habe sich aus dem dort befindlichen und überdies sogar funktionierenden Kühlschrank eine Dose Schlitz-Bier geholt, von dem der Cowboy eine ganze Palette gebunkert habe.

Er sei aus der Küche wieder auf die Veranda hinausgegangen und habe vor sich hin sinniert, über den Kühlschrank und über die Stromleitung, die über unzählige Meilen von irgendwoher zu dieser Blockhütte gelegt worden sei, um diesen Kühlschrank zu betreiben, damit er, Lichtenberg, jetzt geeistes Schlitz-Bier trinken könne, während er das Landschaftskunstwerk betrachte, in das sich Lisa unterdessen weit hineinbegeben habe, wie er jetzt gesehen habe, bestimmt bis in dessen Mittelpunkt hinein, wo sie sich, für ihn nur noch kenntlich als eine kleine Figur, untersuchend und erkundend umgetan habe. Der erste Schluck des Bieres – dieses eigentlich ja schwachen, amerikanischen Bieres – sei ihm wie ein Eiswürfel die Kehle hinuntergerutscht und der darin enthaltene Alkohol sofort ins Blut gegangen, er habe sofort dieses Drehen im Kopf verspürt, die Ränder seines Blicks seien aufgeweicht, seine Gedanken hätten an Schärfe und Folgerichtigkeit verloren, dies alles habe er sehr genossen.

Nüchtern, habe er sich gedacht, sei es vierundzwanzig Stunden inmitten dieses Landschaftskunstwerks keinesfalls auszuhalten, und nachdem die erste Dose Schlitz-Bier im Nu leer gewesen sei, habe er sich gleich die zweite geholt, noch bevor Lisa zurückgekommen sei.

Als er die zweite Dose Schlitz-Bier aus dem Kühlschrank geholt habe, sei ihm die Pistole wieder eingefallen, die er ja bei sich gehabt habe, seit sie durch Michael in seinen Besitz gelangt sei. Er habe sie aus seiner Reisetasche geholt, und sie habe sich beinahe so kühl wie die Bierdose angefühlt, weswegen er sie auch mit auf die Veranda hinausgenommen habe. Kalt und schwarz sei sie gewesen, ein sehr feines, geschmeidiges Stück Metall, das – ganz anders als die stählernen Stangen da draußen – bis ins kleinste Detail Zweckmäßigkeit, Funktionalität, Nützlichkeit repräsentiert habe.

Mit so einer Waffe, habe er gedacht, könne man etwas anfangen, mit solchen stählernen Stangen nicht, das sei der Unterschied, und er habe mit Genuß an seinem zweiten Schlitz-Bier getrunken. Die Waffe habe er sich unter seinem heraushängenden Hemd vorne in die Hose gesteckt, nicht ohne sie sorgfältig gesichert zu haben.

Lisa sei zurückgekommen und habe ihn mit seinem Bier auf der Veranda in dem kleinen Schaukelstuhl sitzen sehen, den Kopf geschüttelt und sich laut gefragt, warum Männer, wenn sie sich unsicher fühlten, immer sofort zu Alkoholischem greifen müßten.

Sie hätten gelacht und nach einer kurzen Pause über das Wetter geredet. Gewitter seien, nach dem wolkenlosen Himmel zu urteilen, nicht zu erwarten, aber das könne sich, wie es heiße, sehr schnell ändern hier, man müsse sehen, was die Nacht bringe. Sie hätten sich geküßt, und Lisa sei in die Blockhütte hineingegangen.

In Stundenabständen sei sie am Nachmittag und Abend wieder herausgekommen, um die veränderte Lage der stählernen Stangen im Sonnenlicht zu begutachten, auf die Lichtenberg, mittlerweile ziemlich angetrunken, unentwegt auf der Veranda sitzend, mit seiner Pistole gezielt und Schußgeräusche dazu gemacht habe, ohne natürlich je abzudrücken und erst nachdem er sich versichert habe, daß Lisa ihn dabei nicht sehen könne. Dann habe er die Pistole wieder in seiner Hose verstaut.

Später hätten sie, gemeinsam auf der Veranda sitzend und sich die Hände haltend, den Sonnenuntergang angesehen, dessen Widerschein aberhundertfach in den Stahlstangen zu sehen gewesen sei, was Lichtenberg aber mit dem Landschaftskunstwerk, wie er erklärte, mitnichten versöhnt habe, denn die Naturschönheit des Sonnenuntergangs wäre ebensogut ohne die Stahlstangenanordnung wahrzunehmen gewesen.

Als es dunkel gewesen sei, habe sich Lisa bald ins Schlafzimmer zurückgezogen, um, wie sie gesagt habe, noch mehr über das Landschaftskunstwerk zu lesen, und er, Lichtenberg, habe die Anweisung erhalten, sie zu wecken und zu holen, falls ein Gewitter komme und zu erwarten sei, daß in die stählernen Stangen Blitze einschlügen.

Also sei er ganz allein auf der Veranda in dem kleinen Schaukelstuhl gehockt, und es sei merklich kühler geworden, dennoch habe er weiterhin eiskaltes Schlitz-Bier getrunken, um seinen Pegel zu halten. Bald schon nach Sonnenuntergang habe er etwas gehört, was ihm buchstäblich das Blut in den Adern habe gefrieren lassen, es sei dies das schauerlichste Geräusch gewesen, das er je in der freien Natur gehört habe, nämlich das in seiner unmittelbaren Nähe einsetzende Heulen eines Kojoten.

Für einen Sekundenbruchteil sei ihm beinahe zum Lachen gewesen, denn zu sehr bekannt sei einem dieser Laut aus Horror- und Western-Filmen, bis er begriffen habe, daß sich nicht weit von ihm ein gefährliches Raubtier befinde, das ihn unter Umständen jeden Augenblick anfallen könne, und er habe nicht gewagt, sich in seinem kleinen Schaukelstuhl auch nur einen Zentimeter zu bewegen.

Immerhin habe ich die Knarre, habe er gedacht, was ihn allerdings beruhigt habe. Dennoch sei er erleichtert gewesen wie selten, als er den Kojoten ein zweites Mal heulen gehört habe – um einiges weiter entfernt als beim erstenmal. Dieses zweite Heulen sei von anderen, hörbar noch weiter entfernten Kojoten erwidert worden, was ihn, Lichtenberg, vollends beruhigt habe, denn er habe sich erklärt, der hier in der Nähe gewesene Kojote habe sich verirrt gehabt und sei nun wieder zurück bei seinem Rudel, das die Blockhütte sicherlich meide. In der Tat hätten die Kojoten nunmehr geschwiegen, doch die kurzzeitig empfundene Panik habe Lichtenbergs Ohren geweitet, und plötzlich habe er Geräusche gehört, die ihm zuvor verborgen geblieben seien. Ein ständiges Kratzen und Scharren sei da vom Erdboden gekommen, Gott sei Dank sei er auf der Veranda gesessen, auf dicken Holzbohlen, aber darunter hätten sich Schlangen, Skorpione, Echsen und Insekten gewunden und getummelt, wie ihm erst jetzt zu Bewußtsein gekommen sei.

Er habe den Atem angehalten und erlauscht, wie es am ganzen Haus genagt und geschabt habe, wie das niedrige Getier buchstäblich allen Grund für sich beansprucht habe, und es sei, so habe er sich gedacht, nur eine Frage der Zeit, bis das Gewürm die Holzbohlen der Veranda überwunden und sich im ganzen Haus breitgemacht haben werde.

Also durchladen, habe er sich gedacht, seine Pistole aus der Hose herausgeholt und durchgeladen, das helle, zackige, metallische Geräusch habe ihn ermutigt, und er habe sich ein weiteres Schlitz-Bier genehmigt.

Als er wieder von der Küche auf die Veranda hinausgegangen sei, habe er plötzlich die merkwürdige Feststellung getroffen, daß es eigentlich nichts auf der Welt gebe, was man nicht erschießen könne. Ja, ein sehr einleuchtender Gedanke sei das gewesen, erschießen. Man könne zum Beispiel sich selbst erschießen, seine Schwiegermutter, das Gewürm da draußen, Kojoten oder seine zukünftige Frau.

Sternhagelvoll sei er gewesen, die Silhouette des Gebirges am Horizont sei ab und zu durch ein Wetterleuchten sichtbar geworden, Grund genug, Lisa zu wecken?

Vollkommen blau, habe er gedacht, als er aus seinem kleinen Schaukelstuhl aufgestanden sei, am Horizont habe das Gewitter geflackert, von dem er gewußt habe, es würde nicht kommen. Er habe ihm abgewinkt wie jemandem, dessen Drohung man nicht länger glaube. Er habe seine Waffe angesehen, dieses schöne, präzis gefertigte Stück.

Er sei zum Schlafzimmerfenster gegangen und habe Lisa bei heruntergedrehtem Licht mit zwei Kissen im Rücken halb sitzend, halb liegend im Bett gesehen. Er habe versucht, ihren Gesichtsausdruck zu erkennen, er habe geglaubt, sie lächle ein wenig.

Sie sei eingeschlafen gewesen und habe das Buch, in dem sie gelesen habe, noch aufgeschlagen in ihrem Schoß liegen gehabt.

Leicht schwankend, vor dem geschlossenen Fenster, habe er mit seiner Pistole auf sie gezielt. Er sei mit der Zeigefingerkuppe über den Abzug gestrichen und habe leise ein Schußgeräusch imitiert.

Dann habe er die Waffe sinken lassen, sei hinein- und, versorgt mit einem weiteren Schlitz-Bier, wieder auf die Veranda hinausgegangen, wo er in seinem kleinen Schaukelstuhl, die Pistole in der Hand, den Rest der Nacht verbracht habe.

VI.

BEFRAGT, ob Lichtenberg tatsächlich beabsichtigt habe – und sei es auch nur für den Bruchteil einer Sekunde gewesen –, abzudrücken und auf Lisa zu schießen, erwiderte er, ohne den Vernehmenden anzusehen, sie hätten im Juli desselben Jahres, nachdem sie wieder nach Deutschland zurückgekehrt seien, geheiratet.

Immer noch sei Lisas Mutter strikt gegen die Hochzeit gewesen, ebenso übrigens wie Lichtenbergs Vater, der allerdings erst nach der Rückkehr nach Deutschland von den Heiratsplänen erfahren habe.

Lisas Mutter habe alles gehaßt, was diese Hochzeit betroffen habe, am allermeisten die dahinterstehende Absicht des von ihr mit unüberwindlicher Verachtung so genannten jungen Glücks – die Absicht der letztlich völlig unkontrollierbaren Verselbständigung nämlich, die ihrem ganz und gar bestimmenden Wesen natürlich ein Greuel habe sein müssen.

Lichtenbergs Vater hingegen, so Lichtenberg, sei aus einem merkwürdig fehlgeleiteten Mitleid heraus strikt gegen diese Hochzeit gewesen, ohne diesem jemals genauer Ausdruck zu verschaffen. Lichtenberg vermute, es sei der furchtbare Schmerz gewesen, den der Vater zu ertragen gehabt habe, als er, Lichtenberg, geboren worden und seine Mutter bei dieser Geburt gestorben sei. Nie habe ihm der Vater von Heirat als etwas Erstrebenswertem gesprochen, mehr als einmal habe er gesagt, wer heirate, verdopple seine Leiden und halbiere seine Freuden, und es könne gar nicht entschieden werden, wer erbärmlicher sei: der, der zuerst sterbe, oder der, der den anderen überlebe. Jede Ehe werde vollends dadurch entwertet, daß von vornherein klar sei, einer der beiden Ehegatten werde den anderen eines Tages allein zurücklassen in seinem dann ganz unvorstellbar grauenhaften lebendigen und einsamen Elend. Er, Lichtenberg, solle sich nur vorstellen, sein Testament mit seiner künftigen Ehefrau zu machen und sich gegenseitig zu Erben einzusetzen, für den mehr als wahrscheinlichen Fall, daß einer von ihnen vor dem anderen verstürbe. Während seiner Unterschrift unter dieses Testament werde er sich verzweifelt fragen, ob er sich nun wünschen solle, vor oder nach seiner Frau zu sterben, und im selben Augenblick begreifen, daß das eine wie das andere für beide die größte denkbare Katastrophe bedeuten würde, deren Eintritt allein eine Frage der Zeit sei. Erst bei Unterzeichnung ihres Ehegattentestaments werde den meisten bewußt, was ihnen spätestens bei Unterzeichnung ihrer Trauungsurkunde hätte bewußt werden müssen, daß sie nämlich durch die Eheschließung ihrem Leben neben dem eigenen Tod noch einen weiteren auflüden, was ganz und gar unmenschlich und völlig unerträglich sei.

Lichtenberg, so sagte er, fand seinerseits dieses deprimierende Gerede des Vaters völlig unerträglich. Zwar sei ihm selbst nicht klar gewesen, was ihn zu der Hochzeit mit Lisa getrieben habe, aber er sei sich in allem, was er getan habe, traumhaft sicher gewesen, erklärte Lichtenberg, nicht wie früher oft, als Jüngling mit sechzehn oder siebzehn, als er manchmal durchaus von Selbstzweifeln geplagt worden sei. Nein, es sei für ihn von Beginn an auf unerklärliche Art alles außer Frage gestanden, was er mit Lisa getan habe.

Auf diese Weise hätten Lisa und er die Kundgabe ihres Hochzeitsplans, ihre Flucht, ihre Rückkehr und schließlich ihre Hochzeit abgemacht und zur Ausführung gebracht. Wenn Lisa manchmal gezögert habe, so nur, weil sie nicht immer gleich begriffen habe, doch am Ende sei sie ihm gefolgt, denn sie habe seine Sicherheit gespürt.

Er sei mit Lisa, so Lichtenberg, gemeinsam Schritt für Schritt gegangen, ohne je zu denken, er könne sich anders entschließen.

Du weißt, daß du das Richtige tust, aber du kannst nicht erklären warum es das Richtige ist, habe Lichtenberg gedacht. Die Gründe deines Antriebs, so zu handeln und nicht anders, liegen im Dunkeln. Je genauer dir das ins Bewußtsein rückt, desto deutlicher siehst du, daß du nicht weißt, warum du so handelst.

Diese Erkenntnis habe in ihm damals eine befremdliche Euphorie erzeugt. Neugierig habe er sein Handeln beobachtet wie das eines Fremden, von dessen Absichten ihm gar nichts bekannt sei.

Lisa hingegen habe ihn, Lichtenberg, wie er wenigstens damals vermutet habe, geheiratet, um von ihrer

Mutter fortzukommen, und er, der um sechs Jahre jüngere Lichtenberg, sei ihr dafür gerade recht gewesen, weil sie, Lisa, gewußt habe, daß sie mit der Heirat eines solchen Jungen ihre Mutter provozieren könne wie mit nichts sonst. Lichtenberg, so sagte er, habe sich deshalb im übrigen keineswegs wie ein Werkzeug Lisas gefühlt, sei vielmehr begeistert gewesen, die Rolle des zu jungen, nicht standesgemäßen, deshalb gefährlichen und von der späteren Schwiegermutter von Beginn an verachteten Liebhabers spielen zu dürfen.

Die Hochzeit habe unweit der schwiegermütterlichen Villa im Standesamt München-Solln stattgefunden, eine kleine Gesellschaft von hochexplosiver Konsistenz habe sich dort eingefunden, der Trauung beizuwohnen, es sei so gewesen, wie er es sich in den fürchterlichsten Alpträumen vorgestellt habe, sagte Lichtenberg, mit dem Unterschied, daß es diesmal kein Erwachen gegeben habe. Umringt von einiger ihm namentlich unbekannter Verwandtschaft, die weder Lisa noch er eingeladen hätten, sei Mutter Orlow in größter und kostspieligster Kampfgarderobe angerollt. Allein ihre Hutkrempe habe soviel Raum wie ein Wagenrad umfangen und wissen lassen, daß ihre Eigentümerin über das gewöhnliche Maß hinausgehende Ansprüche stelle. Es sei eine Gruppe von fünf oder sechs Leuten gewesen, Olga unter ihnen, wie er jetzt gesehen habe, sagte Lichtenberg, vorwiegend festlich und dunkel gekleidet und in deren Mitte unter dem riesigen dunkelblauen Hut Mutter Orlow in einem strahlendweißen Kostüm mit einem breiten Gürtel in der Farbe des Hutes. Sie seien forsch über den knirschenden Kies der Auffahrt zum Standesamt wie ein Exekutionskommando auf Lisa und Lichtenberg zugeschritten, die zwischen den Säulen vor dem Eingang gewartet hätten. Allen Ernstes habe er sich körperlich bedroht gefühlt, erklärte Lichtenberg, und überlegt, wie er entkommen könne, einen Ausweg aber nicht gesehen. Links und rechts seien die Verwandten vor dem Brautpaar zur Seite getreten, wie Leibwächter der Frau Orlow, ihr den Weg zu räumen, und die Dame sei vorgetreten, ohne den Bräutigam auch nur mit einem Blick zu bedenken, die Braut aber fixierend wie vor einer Tracht Prügel.

«Aus tiefstem Herzen wünsche ich dir alles Gute für deine Zukunft, mein Mädel», habe Frau Orlow zu Lisa gesagt, so Lichtenberg, und zwar derart schneidend und kalt, daß es ihn gewundert habe, wie Lisa die Fassung behalten habe.

Sie habe ihrer Mutter die Hand gegeben und, verbindlich lächelnd, wortlos genickt.

Darauf habe sich Frau Orlow ihm zugewandt. Alles Gute, habe er gedacht, aus tiefstem Herzen, so Lichtenberg, aber ohne ihn recht anzusehen, habe sie ihm kraftlos und ganz kurz nur die Hand hingestreckt und einen unbestimmten Laut hören lassen, etwa «Hepp!» oder so ähnlich.

Lichtenberg habe genickt, als wolle er sich das Gesagte zu Herzen nehmen. Aus tiefstem Herzen, habe er sich gedacht, alles Gute, während gerade jetzt sein Vater in seinem Mercedes der S-Klasse über die ausgekieste Auffahrt des Standesamtes herangefahren sei.

«Ohne Fahrer», habe er Mutter Orlow vorgeblich witzig, in Wirklichkeit aber todernst feststellen gehört, als sein Vater aus dem Wagen gestiegen sei, im zweireihigen Nadelstreif mit extra breitem Revers, weißem Einstecktuch und nicht dazu passender turbulent gemusterter Seidenkrawatte.

Der sonst eher rechteckige väterliche Kopf, so Lichtenberg, habe sich, vermutlich infolge der großen, durch den Anlaß bedingten Anspannung, zum Kugelrunden hin verformt, was den Vater irgendwie jünger, aber keineswegs glücklicher habe aussehen lassen.

Die von ihm, Lichtenberg, mit Spannung erwartete Elternbegegnung, die nun gefolgt sei, habe seine Unheilserwartungen vollumfänglich erfüllt, sagte Lichtenberg, sie in einiger Hinsicht sogar bei weitem übertroffen, insbesondere was die Geschwindigkeit im Austausch der zutreffend erwarteten wechselseitig ausgesprochenen Beleidigungen angehe.

Ohne das Brautpaar in irgendeiner Weise beachtet zu haben, sei der Vater mit kugelrundem Kopf und stechendem Blick auf die Schwiegermutter zugesteuert und habe ein feindselig-belustigtes «Aha, Madame» von sich gegeben, das besonders ungehörig gewirkt habe, weil nicht klar gewesen sei, was er damit habe sagen wollen.

Frau Orlow habe im Gegenzug all ihre Vornehmheit in Gestik, Mimik und Haltung aufgeboten und seinem

Vater, ohne ihn dabei anzusehen, die Hand zum Handkuß gereicht.

Sein Vater aber habe die Hand keineswegs geküßt, sondern beherzt ergriffen und geschüttelt, Frau Orlow sie stumm entrüstet zurückgezogen, für einen kleinen Moment habe die Anwendung körperlicher Gewalt als reale Möglichkeit zwischen beiden gestanden, sich sogleich aber im Fortgang der Ereignisse wieder verflüchtigt.

Das Hochzeitsessen, das nun gefolgt sei, könne er nur nach seiner alkoholisch verzerrten Erinnerung wiedergeben, denn mit Champagner vor dem Standesamt, den die ihm unbekannten Verwandten Lisas mitgebracht hätten, habe er früh am Tag zu trinken begonnen, Olga habe ihm Beistand geleistet und wie er in kurzer Folge vier oder fünf Gläser gekippt. Während Olga aber bester Dinge gewesen sei, habe ihm das Trinken schwer zugesetzt, und als er mit seiner Braut von einem stark nach Rasierwasser riechenden Onkel Lisas in einen plötzlich vor der Einfahrt des Standesamtes wartenden Mercedes mit Blumenbukett auf der Kühlerhaube gesetzt worden sei, habe er befürchtet, bewußtlos oder sogar tot zusammenzubrechen beziehungsweise sich im Wagen übergeben zu müssen. Niemand habe davon freilich irgend etwas bemerkt, er habe sich vollkommen unauffällig verhalten und sei festen Schrittes auf das Auto zugegangen, ohne Schwierigkeiten eingestiegen und anständig neben Lisa gesessen, als der stark nach Rasierwasser riechende Onkel vorne in den Mercedes eingestiegen und zu dem für das Hochzeitsessen verabredeten Lokal losgefahren sei.

In einem Speiselokal der ersten Kategorie, wie es der Rasierwasseronkel auf der Fahrt angekündigt habe, seien sie etwa zu zehnt an einem Tisch gesessen, er, Lisa, Olga, sein Vater, Frau Orlow und deren ihm unbekannte Verwandte, von denen ihm, Lichtenberg, besonders der Rasierwasseronkel in Erinnerung geblieben sei, der wieder und wieder vor sich hin gerufen habe, man befinde sich hier ja in einem Speiselokal der ersten Kategorie.

Dabei habe er, der Onkel, ab und zu die Zungenspitze zwischen Unterlippe und unterer Zahnreihe hindurchgleiten lassen, was ihn Lichtenberg nicht unbedingt sympathischer habe werden lassen. Er, Lichtenberg, sei in einer paradoxen Gemütsverfassung dagesessen, von rasender Panik erfaßt und doch äußerlich vollkommen ruhig, und habe nicht recht begriffen, auf welche Weise er in dieses Speiselokal der ersten Kategorie gekommen sei, bis er Aufklärung durch Lisa erhalten habe.

Diese habe ihm gestanden, von Olga und ihrer Mutter überredet worden zu sein, nach der Trauung, die gemäß Lisas und Lichtenbergs ursprünglicher Verabredung den einzigen öffentlichen Teil ihrer Hochzeitsfeier hätte ausmachen sollen, doch auch im Familienkreis den Anlaß zu begehen, alles sei im geheimen vorbereitet worden, das Auto, das Essen, der danach bevorstehende Tanz am Nachmittag und wer weiß, was sonst noch alles, wozu es nicht mehr habe kommen können, weil er,

Lichtenberg, schon zuvor ganz entschieden aus der Rolle gefallen sei, aber davon später.

Es habe einen Aperitif gegeben, ein Gemisch aus Prosecco und Likör, den Namen habe man ihm genannt, doch schon beim dritten Glas habe er ihn wieder vergessen gehabt, aber es sei ein ganz ausgezeichnetes Getränk gewesen, ausgezeichnet für den Kopf und das irgendwie überreizte Gehirn, ganz schlecht jedoch für den Magen. Die Speisefolge sei ihm in unauslöschlicher Erinnerung, denn eine gute Stunde lang habe er immer und immer wieder die eigens für jeden Gast gedruckte Speisekarte gelesen, während er das ausgezeichnete Getränk zu sich genommen und dem um ihn herum stattfindenden Familiengespräch voller Abscheu gelauscht habe.

Im wesentlichen sei es ein Gezänk um Jahreszahlen gewesen, zu denen sich angeblich wichtige Familienereignisse ereignet hätten, um Krankheiten, die bei bestimmten Familienmitgliedern aufgetreten seien, um die Behandlung dieser Krankheiten durch unfähige, dilettantische Ärzte, die die Familie aber gottlob bis heute nicht hätten ausrotten können.

Auf solche Feststellungen hin sei ein bedrohliches Gelächter losgebrochen, das Lichtenberg angehalten habe, noch mehr zu trinken und ein weiteres Mal die Speisekarte zu studieren. Über den Rand der Karte hinweg habe er beobachten können, wie sich sein Vater mit seiner Schwiegermutter in einem zähen, unfreundlichen Gespräch verfangen habe, das weder in einen handfesten Streit ausgeartet sei noch sich verlaufen habe.

Sommerlicher Salat mit Entensülze, Gemüsevinaigrette, habe er gelesen und sich versucht vorzustellen, was diese Nahrungsmittel bei ihrem Zusammentreffen mit dem reichlich genossenen Aperitif in seinem Magen anrichten würden.

Leichte Suppe von Kaiserschoten mit Feldchampignons habe er gelesen, dabei Hoffnung für seinen Magen geschöpft und im selben Moment, und ohne erkennen zu können warum, plötzlich die ganze verzweifelte Sinnlosigkeit seines Daseins gespürt, wenn es ihm erlaubt sei, sich so plakativ auszudrücken.

Genauer gesagt, habe er sich gedacht, es sei absolut ausgeschlossen, in dem hier anwesenden Kreis von Menschen ein Leben zu verbringen, ja nicht einmal die nächsten paar Stunden. Mitnichten habe er sich diese Menschen ausgesucht, aber dennoch begriffen, daß es kein Zufall sein könne, daß er jetzt hier unter ihnen sitze. Ebensowenig könne es Zufall sein, habe er gedacht, so Lichtenberg, daß ihm in diesem Augenblick klargeworden sei, wie gering seine Chancen seien, ihnen je wieder zu entkommen. Allein der Rückzug in sich selbst stehe ihm noch offen, habe er gedacht, alle sonstigen Wege seien ihm durch die Anwesenheit der anderen versperrt. Wie sein Entschluß, Lisa zu heiraten, Anlaß für die gegenwärtige Feierlichkeit habe sein können, sei ihm als eine geradezu lächerlich absurde Frage durch den Kopf gegangen. Wie habe dieser Entschluß dazu führen können, daß nun ihm größtenteils Unbekannte mit ihren festlichen Krawatten und Hüten hier herumsäßen, vorgeblich, um das Brautpaar zu feiern, tatsächlich aber, um es dem Familienganzen einzuverleiben, mit Haut und Haar, mit Leib und Leben.

Lisa habe er beobachtet, wie sie sich in seliger Begeisterung zurück in das Orlowsche Familienmolekül begeben habe, und es sei ihm erschienen, als habe sie ihn, Lichtenberg, darüber vollkommen vergessen, denn sie habe sich andauernd nur mit ihren Verwandten unterhalten und überhaupt nicht mit ihm.

Chardonnay Vin de Pays de la Vallée de l'Ande Sica des Côteaux Limouxins habe er gelesen, aber immer nur Wein bestellt und immer den gleichen bekommen. Auf den Aperitif hinauf und zwischen den sommerlichen Salat und die leichte Suppe hinein habe dieser Wein, einmal vom Magen in seinen Kopf gelangt, dort eine geradezu explosive Wirkung gezeitigt. Lichtenberg habe sich der ganzen anwesenden Bande, wie er gedacht habe, intellektuell absolut überlegen gefühlt, ohne sich allerdings erinnern zu können wieso. Immer wieder habe er, bereits vollkommen betrunken, zwischen den Gängen und zwischen einem Glas Wein und dem nächsten die Speisekarte zur Hand genommen, als hätte darin gestanden, was weiter zu tun gewesen sei.

Filet von der Zahnbrasse auf Fenchelgemüse mit Anissauce, habe er gelesen und gar kein Gespür mehr gehabt, ob er hungrig oder satt, ob ihm gut oder schlecht sei. Die Zahnbrasse sei angeliefert worden, und er habe die Zahnbrasse vertilgt, so Lichtenberg. Während des Essens seien ihm ab und zu, wie er geargwöhnt habe der Höflichkeit halber, von Orlowschen Verwandten Fragen gestellt worden, die er sämtlich nur als Provokation habe begreifen können, denn sie hätten ausschließlich nach seinem Ausbildungsstand, seiner körperlichen Konstitution, ja sogar – vorgeblich ein Scherz – nach seiner Zeugungsfähigkeit gefragt, und er habe zu all diesen Fragen ein freundliches Gesicht machen und sie stets aufs neue beantworten müssen, denn sie seien ihm stets aufs neue gestellt worden und keiner habe seinen Antworten auch nur die geringste Aufmerksamkeit entgegengebracht.

Die Melonenkaltschale habe Lichtenberg verweigert und statt dessen, bereits merklich unkontrolliert, Wein bestellt, der lange auf sich habe warten lassen und erst zusammen mit dem Medaillon vom Hirschkalb mit Civetsauce und Feige sowie Blattspinat und Maisgalette gekommen sei.

Das alles habe er zu sich genommen und bei sich behalten und abfälliges Kopfschütteln bei den Umsitzenden ausgelöst, als er laut festgestellt habe, die Hirschkalbmedaillons seien kalt und schmeckten wie Pappe.

Der Rasierwasseronkel habe daraufhin wieder begonnen, in regelmäßigen Abständen darauf hinzuweisen, daß man sich hier ja in einem Speiselokal der ersten Kategorie befinde. Bevor er sich auf der Toilette in einem betäubenden Anfall über eine Dreiviertelstunde lang erbrochen habe, so Lichtenberg, habe es noch

Heidelbeer-Kücherl mit Himbeer-Halbgefrorenem gegeben.

Lachend und lallend, mit zittrigen Knien, sei er an die Festtafel zurückgekommen, ziemlich übelriechend auch, wie er vermute, aber niemand habe sich sonderlich um ihn gekümmert, insbesondere nicht Lisa, die ihn die ganze Hochzeitsfeierlichkeit hindurch sowieso überhaupt nicht wahrgenommen habe. Erneut habe er Wein bestellt. Daran, wie er an diesem Tag nach Hause gekommen sei, könne er sich nicht erinnern.

VII.

Befragt, wie seine Ehe begonnen habe, antwortete Lichtenberg, nach der Hochzeitsnacht, die er größtenteils in der Toilette zugebracht habe, sei die Stimmung nicht gut und er als der Schuldige ausgemacht gewesen, was sein Wohlbefinden in jener Zeit nicht gefördert habe. Es seien hinter seinem Rücken schon lange vor der Hochzeit geheime Arrangements getroffen worden. Seine Schwiegermutter habe zusammen mit seiner Frau beschlossen, das junge Ehepaar solle in einer Einliegerwohnung der schwiegermütterlichen Villa in Solln sein Eheleben beginnen. Wenige Tage vor der Hochzeit habe Lisa ihm dies eröffnet. Nun sei es zwar so gewesen, daß sie, Lisa und Lichtenberg, nach ihrer Rückkehr aus Amerika in Ermangelung anderer gemeinsamer Wohnmöglichkeiten in eben diese Einliegerwohnung der schwiegermütterlichen Villa in Solln eingezogen seien, er, Lichtenberg, habe diesem Einzug aber von Anfang an lediglich unter schärfstem Protest zugestimmt und allein deshalb, weil es weder für ihn noch für Lisa zu vertreten gewesen sei, ohne den anderen zu dem jeweiligen noch lebenden Elternteil zurückzukehren, sich die Anmietung einer gemeinsamen Wohnung aber aus finanziellen Gründen verboten habe.

Einmal jedoch in der schwiegermütterlichen Einliegerwohnung gefangen, sei es für lange Zeit unmöglich und sogar undenkbar gewesen, aus ihr wieder hinauszugelangen. Gegen die Räumlichkeiten als solche sei dabei gar nichts einzuwenden gewesen, denn im Gegensatz zu dem übrigen, von Frau Orlow bewohnten und durch protzige Geschmacklosigkeiten jeder nur erdenklichen Art vollkommen entstellten Haus, sei die Einliegerwohnung bis zu Lisas und Lichtenbergs Einzug unbenutzt und somit von der Dekorationswut der Hausherrin verschont geblieben.

Es habe sich um schlichte, hohe große Räume gehandelt, vier Zimmer, Küche, Bad, Balkonterrasse, mehr als hundert Quadratmeter, standesgemäß also und auch im Hinblick auf die von Orlowscher Seite unausgesprochen, aber merklich befürwortete Fortpflanzung des jungen Ehepaars gewählt. Es sei ihm im übrigen an seiner Schwiegermutter aufgefallen, so Lichtenberg, daß sie ihn zwar auch nach der Hochzeit noch als unerhörten Eindringling in ihre Familie betrachtet, dennoch ihrer Tochter Lisa einen gewissen Respekt unter dem Gesichtspunkt der Zuchtwahl gezollt habe, dessen Anhalten freilich vom Nachweis greifbarer Erfolge abhängig gewesen sei, die sich indessen schneller als erwartet eingestellt hätten.

Schon bald nach der Hochzeit sei Lisa mit Marc schwanger gegangen, ein halbes Jahr nach dessen Geburt mit Claudia. Sie hätten sich ein neues Leben einzurichten gehabt, Lichtenberg habe sich sehr einsam gefühlt in dieser Zeit, denn Lisa habe ihn hintergangen und mit ihrer Mutter gemeinsame Sache gemacht, während sein Vater darauf bestanden habe, daß er, Lichtenberg, nunmehr so schnell wie möglich ein juristisches Studium absolviere, um den Lebensunterhalt für seine Familie selbst bestreiten zu können. Lichtenberg habe dies einerseits eingeleuchtet, weil er begriffen habe, daß er nur auf diesem Weg der Schwiegermutterherrschaft werde entgehen können, andererseits sei ihm kaum vorstellbar gewesen, die nächsten Jahre als junger Familienvater und Student allein für seine ihm vorgehaltenen Pflichten zu leben. Lisa und er, so sei es ihm wenigstens erschienen, hätten sich gut verstanden, das schon, aber er habe nicht begriffen, wie er so schnell und so rettungslos in diese Familienfalle habe hineintappen können. In dem Glauben, Lisa ihrer Mutter entrissen und an sich, Lichtenberg, gebunden zu haben, sei er mit ihr nach Amerika geflohen und zurückgekehrt in der Gewißheit, Lisa werde allein ihm folgen, nicht ihrer Mutter.

Tatsächlich aber sei Lisa ausschließlich sich selbst gefolgt und überhaupt nicht ihm, durchaus allerdings, nach Absprache, auch ihrer Mutter.

Dabei habe Lisa es Lichtenberg gegenüber stets so darzustellen versucht, als hätten Lisa und ihre Mutter sich darauf geeinigt, dies oder jenes so oder so zu machen, während Lichtenberg jedenfalls der festen Überzeugung gewesen sei, seine Schwiegermutter habe seiner Frau aufgegeben, dies oder jenes so oder so zu machen.

Er, Lichtenberg, sei sowieso überhaupt nicht gefragt gewesen, von Anfang an nicht, wie er heute glaube, denn während er gemeint habe, mit Lisa zusammen ein gemeinsames, eigenes Leben aufzubauen, sei er, ohne es auch nur im geringsten zu begreifen, dem gemeinsamen Leben Lisas und seiner Schwiegermutter einverleibt worden. Also habe er nur eine Chance gehabt, wie er sagte, das Ruder herumzureißen, nämlich dem Rat seines Vaters zu folgen und ein juristisches Studium in Rekordzeit und mit besten Noten zu beenden, um sich dann unter Verwendung des im Anschluß daran zu verdienenden Geldes zusammen mit Lisa von der Familie Orlow abzusetzen und endlich das eigene Leben zu führen, welches, wie er damals gedacht habe, sicher auch Lisa führen wolle, ohne sich jedoch wirklich ihrer Mutter entziehen zu können.

Folglich habe er sich zum nächstmöglichen Termin an der Universität eingeschrieben für das Studium der Rechtswissenschaft und vom ersten Studientag an mit ungeheurem Ehrgeiz gearbeitet. Dabei sei ihm, wie er kurioserweise zu berichten habe, oft und oft ein Bild erschienen, das ihn zu den gewaltigsten Willensanstrengungen befähigt habe, nämlich das Bild von der hängenden Unterlippe seines Vaters. Wer hier meine, lachen zu müssen, solle sich einstweilen beherrschen und zuhören, was es mit der hängenden Unterlippe seines Vaters auf sich habe. Nicht ohne Grund, so Lichtenberg, sei sein Vater Automobilversicherungsvorstandsvorsitzender geworden, nicht ohne Grund sei er als junger Assessor ohne Protektion in diesen Konzern eingetreten und habe es binnen zwanzig Jahren geschafft, die oberste Spitze desselben zu erlangen. Ursache für diese einzigartige Leistung, so Lichtenberg, sei nach seiner Überzeugung im Kern immer allein die hängende Unterlippe seines Vaters gewesen. Er behaupte im übrigen nicht zuviel, wenn er sage, seine, Lichtenbergs, Beziehung zu seinem Vater sei ebenfalls maßgeblich durch diese hängende Unterlippe geprägt worden. Wo immer sein Vater mit dieser hängenden Unterlippe nämlich erschienen sei, habe sie Tätigkeit und Unruhe verursacht. Lichtenberg selbst erinnere sich, daß er schon als Kleinkind, auf dem Schoß des Vaters sitzend, oftmals nach dessen hängender Unterlippe habe greifen wollen, sie aber niemals habe erreichen können, weil der Vater den Hals gestreckt und das Kinn gereckt habe, was die Unterlippe noch besser zur Geltung gebracht, aber für ihn endgültig unerreichbar gemacht habe. Später sei Lichtenbergs Interesse dahin gegangen, die väterliche Unterlippe durch besondere Leistungen und erfreuliches Wohlverhalten zu straffen oder wenigstens etwas anzuheben, was ihm allerdings, wenn überhaupt, nur immer für ganz kurze Zeit gelungen sei. Dabei hätten selbst größte Anstrengungen und erstaunlichster Erfolg nur geringfügige und knapp befristete Wirkung gezeitigt. Habe Lichtenberg als Schüler eine Zwei nach Hause gebracht, habe der Vater festgestellt, eine Eins wäre besser gewesen. Habe Lichtenberg eine Eins nach Hause gebracht, habe der Vater festgestellt, wenn er in den anderen Fächern auch mit Eins bewertet worden wäre, wäre es besser gewesen. Habe Lichtenberg, wie es öfter als einmal vorgekommen sei, als Jahresbester ein Schuljahr abgeschlossen, habe ihn der Vater an all die Jahre erinnert, in denen er nur Zweiter oder gar Dritter gewesen sei.

Buchstäblich als habe er sie gestern zuletzt gesehen, sehe er die Unterlippe seines Vaters über seinen, Lichtenbergs, Zeugnissen und Schulaufgaben, Extemporalen und Hausarbeiten hängen und so herabhängend verkünden, wäre mehr geleistet worden, wäre es besser gewesen.

Auch im Betrieb, wie sein Vater das Automobilversicherungsunternehmen, dessen Vorstand er vorsaß, schlicht genannt habe, habe Lichtenberg bei gelegentlichen Besuchen beobachten können, wie die hängende Unterlippe seines Vaters Furcht verbreitet habe und von allen ihm Untergebenen nie aus den Augen gelassen worden sei, weil an ihr die Stimmung ihres Herrn so zuverlässig abzulesen gewesen sei wie an nichts sonst.

Mehr wäre besser gewesen, habe die hängende Unterlippe auch hier jedermann wortlos zu bedenken gegeben und von vornherein klargemacht, daß kein Mitarbeiter je den Anforderungen des Vaters werde genügen, geschweige denn seine Unterlippe werde aufrichten können. Gerade dies habe aber offenbar den Ehrgeiz der Mitarbeiter angestachelt bis zum Äußersten. So sei es auch ihm, Lichtenberg, gegangen. Seit er denken könne, habe er, wie gesagt, versucht, die väterliche Unterlippe aufzurichten, und je aussichtsloser es ihm erschienen sei, dies zu erreichen, desto leidenschaftlicher habe er sich darum bemüht. Er könne sich nicht recht erklären, wenn er dies bedenke, warum er nicht irgendwann entmutigt aufgegeben habe. Tatsache aber sei, daß er zwar oft niedergeschlagen und sogar verzweifelt gewesen sei, wenn er gehofft habe, durch eine besondere Leistung die väterliche Unterlippe aufrichten zu können, und in dieser Hoffnung wie gewöhnlich enttäuscht worden sei, niemals habe er aber auch nur für einen Bruchteil einer Sekunde erwogen, das Aufrichten der väterlichen Unterlippe als Ziel nicht länger zu verfolgen. Dies nämlich hätte ihm vorkommen müssen wie eine komplette Selbstaufgabe, denn wer nicht, nachdem er etwas erreicht habe, sofort nach dem noch Besseren strebe, gebe letztlich die Absicht auf zu existieren, und niemals hätte er seinem Vater unter die Augen treten können mit dem Ansinnen, nicht mehr streben, trachten, leisten, schaffen zu wollen, bis dessen Unterlippe gestrafft zu einem zufriedenen Lächeln über ihm, Lichtenberg, offenbare, das Höchste, die Erfüllung sei erreicht.

Er räume ein, so Lichtenberg, er begebe sich mit seinen Überlegungen ins allgemeine, Philosophische, aber sei es nicht merkwürdig, mit welcher Entschiedenheit er sein Leben lang stets auf das Ende alles Angefangenen hingestrebt und zugleich nichts mehr gefürchtet habe, als dieses Ende zu erreichen?

So ergehe es ihm übrigens auch jetzt, da er wohl nach allgemeinem Dafürhalten – sicher auch nach dem des Vernehmenden – so ziemlich am Ende von allem angekommen sei.

Doch sei nicht auch er, der Vernehmende, einer, der – wie jeder – ständig hinter etwas her sei, das er möglicherweise nicht oder doch nur schwerlich bekommen könne, etwa die Beförderung vom Justizinspektor zum Oberjustizinspektor, nur um festzustellen, daß das Erreichen eines solchen Ziels einen völlig ratlos mit der Frage zurücklasse, warum man dieses Ziel so unbedingt habe erreichen wollen – was einen Tag und Nacht getrieben habe, dieses Ziel zu erreichen?

Und die einzige Antwort, die man wisse, sei die, dem erreichten Ziel die Schuld zu geben und zu erklären, es sei falsch und ein Irrtum gewesen, es zu verfolgen, weil es zu erreichen nichts hinterlassen habe als den sprichwörtlich faden Nachgeschmack, weswegen es darauf ankomme, nunmehr das richtige Ziel zu finden, dem hinterherzujagen sich lohne, wirklich lohne, so daß, wenn man es erreiche, die ganze Sucherei ein Ende habe und man schließlich Ruhe finde.

Bis in den Tod treibe man dieses Spiel, vielleicht begreife man das in der Stunde des Todes, gewiß aber nicht, bevor es nicht endgültig zu spät sei.

Wie auch immer, in seiner im Grunde verzweifelt einsamen Lage, die ihm erst nach seiner weitgehend auf der Toilette verbrachten Hochzeitsnacht wirklich aufgegangen sei, habe er nur den einen Ausweg gesehen, sich inmitten all der Abhängigkeiten, in die er sich unversehens hineinbegeben habe, eine ganz unanfechtbare eigene Existenz zu schaffen, die selbst der von ihm zeitweise unheilvoll unterschätzten, familiären Zusammenrottung von Gattin, Schwägerin und Schwiegermutter standhalten könne.

Freilich sei er lediglich, das könne er heute mit Bestimmtheit sagen, vom Regen in die Traufe geflüchtet und von dort zurück in den Regen. Denn daß ihm ausgerechnet jetzt wieder die Unterlippe seines Vaters eingefallen sei, nachdem ihm monatelang ausschließlich höchst vage Ideen von einer in Freiheit verbrachten Zukunft mit Lisa im Kopf herumgespukt seien, sei keineswegs Zufall. Habe er sein bisheriges Leben in Abhängigkeit von der väterlichen Unterlippe verbracht, sei Lisa ihr bisheriges Leben der mütterlichen Herrschsucht unterworfen gewesen, und während er, Lichtenberg, letzteres erkannt und daraufhin versucht habe, Lisa zu befreien, sei ihm ersteres vollkommen entgangen und erst jetzt aufgefallen, als er habe erkennen müssen, daß er Lisa mitnichten der mütterlichen Herrschsucht entrissen, sondern er derselben vielmehr ebenfalls zum Opfer gefallen sei. In Abhängigkeit von der väterlichen Unterlippe habe er Zähigkeit und Ausdauer und Disziplin gelernt, und eben hierauf sich zu besinnen, sei er nun entschlossen gewesen, da er den Kampf gegen die mütterliche – und für ihn nunmehr schwiegermütterliche – Herrschsucht anzutreten gehabt habe. Also arbeiten, habe er sich gedacht und dabei seinen Vater vor Augen gehabt, wie er als ein namenloser Assessor in eines der damals schon größten deutschen Automobilversicherungsunternehmen eingetreten und binnen weniger Jahre in eine leitende Position und binnen weniger weiterer Jahre sogar in eine noch höhere Position und dann in eine noch höhere – und so fort – gelangt sei, bis zum Vorstandsvorsitzenden, und Lichtenberg habe sich gedacht, so werde er es auch machen und noch besser und auf diese Weise alle hinter sich lassen, die Schwiegermutter, Lisa, wenn sie sich nicht für ihn, sondern für ihre Mutter entscheide, und schließlich seinen Vater, dessen hängende Unterlippe er dann gewissermaßen von oben herab werde betrachten können.

In der komfortablen Wohnung im schwiegermütterlichen Anwesen habe vom ersten Tag an, als Lisa und er dort eingezogen seien, eine feindliche Atmosphäre geherrscht, aber nach der Heirat sei ihm vom ersten Tag an bewußt gewesen, daß er hier vollkommen auf sich gestellt sein werde, und während er mit Lisa der Form und dem Anschein nach eine glückliche junge Ehe geführt habe, habe er zugleich mit kaltem Auge beobachtet, wie ihm jede Herrschaft über sein eigenes Leben entglitten sei. Wie viele Ehepaare hätten Lisa und er am Morgen gemeinsam gefrühstückt, mindestens dreimal in der Woche allerdings gemeinsam mit der Schwiegermutter, die dabei ständig beteuert habe, sie wolle das von ihr noch immer so genannte junge Glück nicht stören. Dennoch habe sie die Gelegenheiten – auch bei ebenso häufig stattfindenden gemeinsamen Mittag- und Abendessen – genutzt, um ihren ganzen Spott und ihre Verachtung über ihn, Lichtenberg, zu ergießen, wohingegen sie Lisa, als es soweit gewesen sei, angehalten habe, ihren schwangeren Bauch zu schonen, ihn, Lichtenberg, aber behandelt habe, als sei seine nunmehr offenbare Zeugungsfähigkeit geradezu der Nachweis seiner ansonsten leider vorliegenden mangelnden Brauchbarkeit.

Öfter und öfter habe sich Lichtenberg in sein sogenanntes Arbeitszimmer zurückgezogen, in dem er nicht gearbeitet habe, sondern gewartet, sehnsüchtig gewartet, auf den ersten Tag des ersten Semesters seines Studiums.

VIII.

Befragt, wie Lichtenberg sein Studium begonnen habe, antwortete er: mit einer für einen Neunzehnjährigen durchaus ungewöhnlichen Entschiedenheit. Die Münchener Universität habe er betreten, wie man eine Kirche betritt, und als er die erste Vorlesung im Auditorium maximum zu hören bekommen habe, sei er erfüllt gewesen von akademischem Eifer und dem Stolz, hier sein zu dürfen.

Die Professoren, von denen einige leidlich vorzutragen gewußt hätten, seien ihm vorgekommen wie begnadete Rhetoriker, und er habe sie zu Beginn aufrichtig verehrt, ganz anders als zuvor die Lehrer auf dem Gymnasium, die für ihn nie mehr als völlig unbegabtes, arbeitsscheues Gesindel gewesen seien. O ja, was hätten ihn diese im übrigen ja samt und sonders gewerkschaftlich organisierten Lehrer gequält mit ihrer vor ihren Klassen jeweils zur Schau gestellten Lebensunfähigkeit, wenn sie, anstatt Unterricht zu halten, mitten in der Stunde plötzlich ihren halbwüchsigen Schülern ihre Eheprobleme, den Tod eines nahen Verwandten, der sie in eine tiefe Krise gestürzt habe, die totale Arbeitsüberlastung infolge der Korrekturarbeiten an einer Stegreifaufgabe und ähnliches eröffnet hätten. Lichtenberg habe sich zu solchen Anlässen stets gefragt, ob es denn zwangsläufig so sein müsse, daß, wer erwachsen sei, früher oder später ungefragt seine in Trümmer gelegte Seele offenbaren müsse, ob die übrigen Anwesenden es nun hören wollten oder nicht.

Tatsächlich hätten diese sogenannten Lehrkräfte ihre Machtstellung nur ausgenutzt, um ihren ganzen seelischen Schutt auf ihren Schülern, die immerhin der Anwesenheitspflicht unterlegen seien, abzuladen. Oft genug hätten die Schüler allerdings reagiert und, wenn es nicht mehr erträglich gewesen sei, dem betreffenden Lehrer seinen gesamten Schutt wieder zurückgeworfen, mit dem Ergebnis, daß dieser darunter heulend zusammengebrochen sei und aus gesundheitlichen Gründen um seine Frühpensonierung eingegeben habe, mehr als einmal habe er das erlebt. Was er von solchen Leuten hätte lernen sollen, habe Lichtenberg sich seine gesamte Schulzeit hindurch gefragt und sich immer nur die gleiche Antwort geben können, nämlich nichts, nichts, nichts. Auf die ganze Schulausbildung habe er deshalb gepfiffen und ja trotzdem die besten und oft sogar die allerbesten Leistungen erbracht, und er habe sich eingeredet, auf der Universität würde alles besser werden, würde er endlich von Menschen unterrichtet werden, deren geistige Fähigkeiten maßgeblich und deren Vorlesungen gewinnbringend seien, und wirklich habe es auf ihn anfangs an der Universität ganz den Eindruck gemacht, als habe er die elenden Niederungen, in welchen der gymnasiale Lehrkörper vor sich hin krieche, halbwegs unbeschadet überstanden, um nun endlich zum Wesentlichen vordringen zu können.

Er sei in das Auditorium maximum der Universität hineingegangen, um die Einführungsvorlesung des allgemein und besonders in Fachkreisen geschätzten Zivilrechtsprofessors Habenschaden zu hören, und als er, Lichtenberg, das Auditorium maximum durch das große Portal in der ersten Etage betreten habe, sei ihm buchstäblich der Atem gestockt, denn Hunderte und Aberhunderte von Studenten hätten sich bereits auf den Bänken des Hörsaals aneinandergedrängt, um den berühmten Zivilrechtsprofessor Habenschaden zu hören, der selbst noch nicht zu sehen, dessen Assistenten aber bereits dabei gewesen seien, das Katheder, die Tafel und die von ihnen hereingetragene Aktentasche ihres Herrn zu präparieren, was das baldige Kommen des verehrten Mannes angekündigt und die Spannung im Hörsaal dem Höhepunkt zugetrieben habe.

Lichtenberg sei auf der Suche nach einem halbwegs vernünftigen Sitzplatz gewesen, von denen er mehrere aufgefunden habe, die ihm aber stets mit dem Hinweis, sie seien besetzt, vorenthalten worden seien. Schließlich habe er neben einem Kommilitonen Platz nehmen dürfen, der geringfügig älter ausgesehen habe als die anderen. In der Tat sei er schon, wie sich später im Gespräch herausgestellt habe, das erste Mal beim kleinen Zivilrechtsschein durchgefallen gewesen und habe nun von vorne begonnen und die Gelegenheit genutzt, sein spärliches Wissen über das juristische Studium ihm, dem vollkommen ahnungslosen Lichtenberg, mitzuteilen.

Kaum sei er gesessen, sagte Lichtenberg, sei der berühmte Zivilrechtsprofessor hereingekommen, mit einem ganz gewöhnlichen Kopf, wie Lichtenberg etwas enttäuscht festgestellt habe, mit einem durchaus durchschnittlichen Beamtenkopf, dessen Aussehen auf besondere wissenschaftliche Befähigung nicht habe schließen lassen, so Lichtenberg. Lichtenbergs Nachbar sei, wie etliche andere im Hörsaal, die sich zuvor kundig gemacht hätten, pflichtgemäß in einen bestimmten Aufmerksamkeitsübereifer verfallen, den er, Lichtenberg, im Verlauf seines Studiums noch gut kennengelernt habe, und er, sein Nachbar, habe diesen Aufmerksamkeitsübereifer durch eine ernsthafte Konzentrationsmiene offensichtlich zur Schau gestellt in der Hoffnung, der berühmte Zivilrechtsprofessor Habenschaden würde sie gefällig zur Kenntnis nehmen, was nicht geschehen sei. Der Professor habe nach etlichem Geräusper und Geistesschärfe andeutenden, mit gerunzelter Stirn und geneigtem Kopf in die Menge der Studenten geworfenen Blicken in das vor ihm befindliche Mikrofon hineingesagt, er könne sich vorstellen, daß die neuen Studenten jede Menge Gesprächsstoff hätten, er rate ihnen jedoch, dessen Erörterung zurückzustellen, denn allein wer seiner Vorlesung mit äußerster Aufmerksamkeit folge, habe eine gewisse Aussicht, den kleinen Zivilrechtsschein bei ihm zu bestehen.

Schlagartig sei Ruhe eingekehrt, so Lichtenberg, der Gesichtsausdruck seines Nachbarn sei demütig, seine Ohren vor Anspannung rot geworden und er, der Nachbar, habe ihn, Lichtenberg, gefragt, ob er, der berühmte Zivilrechtsprofessor Habenschaden, nicht brillant sei.

In der Tat, habe Lichtenberg gedacht, als der Zivilrechtsprofessor seine Vorlesung begonnen habe mit dem Satz, der ihm den Ruf eines didaktischen Genies eingebracht habe und von dem ganze Jahrgänge von Studenten geschwärmt hätten, tatsächlich in vollständiger geistiger Umnachtung, wie er nicht erst heute denke, sagte Lichtenberg. «A schlägt B ein Loch in den Kopf», habe dieser Satz gelautet und auch bei der x-ten Wiederholung noch für Heiterkeit gesorgt, ja sei sogar von Wiederholung zu Wiederholung lustiger geworden, wie Lichtenberg gedacht habe. Am Ende der Vorlesung habe der Zivilrechtsprofessor Habenschaden für seinen Satz «A schlägt B ein Loch in den Kopf» Gelächter und Applaus empfangen wie ein hinreißender Varietékünstler nach einer atemberaubenden Schlußnummer. «A schlägt B ein Loch in den Kopf», habe Professor Habenschaden gesagt und in kurzweilig gemeinten Frage- und Antwortspielen vorzugsweise mit Studentinnen herauszubekommen versucht, welche Ersatzansprüche nun der B gegen den A geltend machen könne und welche nicht, wobei er es sich nicht nehmen ließ, der einen oder anderen Studentin bei Nichtgefallen vorzuwerfen, sie nehme einem männlichen Kollegen den Studienplatz weg, der später eine Familie zu ernähren habe, die sie sicherlich nie bekommen würde.

Die schönen und klugen Studentinnen seien ihm für diese Bemerkungen, ihre häßlichen dummen Kolleginnen betreffend, zu Füßen gelegen und hätten sich bei der Behandlung des Satzes «A schlägt B ein Loch in den Kopf» um präzisen Scharfsinn bemüht und dem Zivilrechtsprofessor Habenschaden damit zu besonderem Genuß verholfen.

Die Juristen, sagte Lichtenberg, seien zusammen mit den Ärzten die furchtbarsten Menschenverächter, da drehe er die Hand nicht um. Die Ärzte litten darunter, daß sie sich aufgrund ihrer langwierigen Ausbildung für außerordentlich intelligent hielten, dabei habe er nirgends mehr aufgeblasene Dummköpfe gefunden als unter den Ärzten, was nicht weiter verwundere, da die Medizin ein absolut unsolides Handwerk sei, das nicht ohne Grund jahrhundertelang allein von Scharlatanen, Betrügern, Weltverbesserern, kurzum, mehr oder weniger Wahnsinnigen ausgeübt worden sei: Wer heute eine Klinik führe, hätte vor Zeiten eine Sekte gegründet und zuerst in den Irrsinn, dann in den Tod geführt. Eine Gesellschaft, die sich erhalten wolle, habe nur zwei Möglichkeiten – entweder sie unterwerfe sich ihren Ärzten mit Haut und Haar oder sie entschließe sich, ihnen all ihre Habe zu übereignen. Unsere Gesellschaft, so Lichtenberg, habe sich für die zweite Möglichkeit entschieden und werfe ihren Ärzten all ihr Geld hinterher, um sie zu besänftigen. Und dennoch erfreuten sich die Ärzte der allergrößten Achtung, obwohl sie nichts als Leid und Schrecken unter den Menschen verbreiteten.

Darin seien sie den Juristen gleich, deren angebliche Wissenschaft allein dazu diene, das, was jedem einleuchte und klar sei, in das zu verkehren, was keiner verstehe und keiner begreifen könne. Warum eben dieses dennoch ausschließlich das Richtige sei, das zu erklären, brauche es den Juristen. So wenig der Arzt imstande sei, einem zur Gesundheit zu verhelfen, so wenig sei der Jurist imstande, einem Gerechtigkeit zu verschaffen. Warum aber ein gesundes Leben ohne Medizin nicht möglich sei, davon handle die medizinische Wissenschaft, so wie die Rechtswissenschaft davon handle, warum ohne sie Gerechtigkeit nicht möglich sei. Die Wissenschaft des berühmten Zivilrechtsprofessors Habenschaden habe davon gehandelt, wie hübsch und klug eine Studentin habe sein müssen, um den kleinen Zivilrechtsschein zu ergattern, alles weitere, so Lichtenberg, sei nicht im Mittelpunkt des Interesses des Zivilrechtsprofessors gestanden und sei bei der Beurteilung des Falles «A schlägt B ein Loch in den Kopf» außer acht gelassen worden.

Der etwas ältere Student, der, wie Lichtenberg aufgefallen sei, ziemlich häßlich und überdies keine besondere Leuchte gewesen sei, habe ihm, Lichtenberg, sein Versagen in den Prüfungen zur Erlangung des kleinen Zivilrechtsscheins als eine der unerträglichen Folgen des Interesses des Zivilrechtsprofessors an hübschen und klugen Studentinnen dargestellt, wo doch nur zu offensichtlich gewesen sei, daß es sich bei dem etwas älteren Studenten um einen Dummkopf gehandelt habe, der den kleinen Zivilrechtsschein auch nicht geschafft hätte, wäre er ein hübsches Mädchen gewesen, weil er dann eben nur ein dummes hübsches Mädchen gewesen wäre, kein kluges. Darüber hinaus habe der etwas ältere Student Lichtenberg inmitten der Vorlesung seine, wie er sie genannt habe, künstlerischen Neigungen gestanden, die sich in regelmäßigem Laienspiel, malerischer und mitunter lyrischer Betätigung entladen hätten. Eigentlich sei er, so habe der etwas ältere Student gesagt, ein vollkommen musischer Mensch und die Juristerei sei nichts anderes als Bundeswehr für den Kopf, habe er gesagt, etwas, das geeignet sei, noch den originellsten und witzigsten Denker zum ordnungs- und pflichtgemäß schlußfolgernden Trottel zu machen. Er leide darunter, habe der etwas ältere Student erklärt, daß er von seinen künstlerischen Freunden für seine juristischen Studien verachtet werde wie von seinen juristischen Kollegen für seine künstlerischen Neigungen.

«A schlägt B ein Loch in den Kopf», habe Lichtenberg gedacht und sich geschworen, das juristische Studium mit äußerster Entschlossenheit zu betreiben und sich durch nichts ablenken zu lassen, am wenigsten durch den etwas älteren Studenten, der jedoch unentwegt auf ihn eingeredet habe, man könne sein Leben doch nicht damit zubringen, über Sachverhalte wie «A schlägt B ein Loch in den Kopf» nachzudenken. Lichtenberg habe versucht, den Ausführungen des berühmten Zivilrechtsprofessors zu folgen, was kaum möglich gewesen sei, weil der etwas ältere Student immer aufdringlicher geworden sei und ihm erregt auseinandergesetzt habe, wie das Juristische seit den ersten beiden erfolglosen Semestern seines Studiums alles Künstlerische in ihm langsam, aber stetig abtöte und wie er hierunter leide.

«A schlägt B ein Loch in den Kopf», habe der berühmte Zivilrechtsprofessor ein weiteres Kapitel seiner Überlegungen eröffnet, und der etwas ältere Student habe erklärt, er könne einfach nicht sagen, worin seine eigentliche Bestimmung liege, eher in der Juristerei oder eher im Künstlerischen. Denn keineswegs hasse er die Juristerei ausschließlich, er interessiere sich durchaus für sie, weniger jedoch, das gebe er allerdings zu, für das Wie als für das Warum. Die Frage, warum etwas rechtens sei, erachte er vor der anderen, wie begründet werden könne, daß etwas rechtens sei, als wesentlich. Deshalb werde er von den Korrektoren seiner Klausuren regelmäßig als Systemveränderer entlarvt, der um so weniger ernst zu nehmen sei, als er das System, welches er verändern wolle, gar nicht verstehe. Nicht warum das Recht Recht, sondern wie es zu handhaben sei, müsse sich der Jurastudent fragen, weil er dies von den Professoren in den Prüfungen gefragt werde.

Lichtenberg habe die Augen geschlossen vor Überdruß, er habe sich geschworen, nie zu fragen, warum das Recht Recht sei, vielmehr seine Anwendung zu erlernen und virtuos in ihr zu werden. Die Frage, warum das Recht Recht sei, so Lichtenberg, sei die Frage der Ahnungslosen, der Taugenichtse, der Unfähigen. Nur wer nicht imstande sei, sich das Recht zu eigen und zunutze zu machen, könne seine Richtigkeit bezweifeln. Wer aber lerne und begreife, wie mit dem Recht umzugehen, wie es zu behandeln sei, werde begreifen, warum das Recht Recht sei, ohne fragen zu müssen, warum. Die Versager, so Lichtenberg, sähen in der Rechtsänderung eine Möglichkeit, sich etwas zu verschaffen, was ihnen nach geltendem Recht nicht zukomme.

Allein deshalb fragten sie, warum das Recht Recht sei, weil sie der Meinung seien, es sei nicht Recht. Ihn, Lichtenberg, habe die Frage nach dem Warum immer abgestoßen, sie zu stellen, habe er immer als pure Zeitverschwendung aufgefaßt, statt dessen habe er sich tage- und nächtelang mit dem Wie befaßt und seine Kenntnisse in der Beantwortung der Frage nach dem Wie so ausgebaut und verfeinert, daß er bald schon in den Seminaren und Klausurenkursen aufgefallen sei durch besonderes Geschick und, wie ihm die Korrektoren unter seine Arbeiten geschrieben hätten, erfreulichen Sachverstand. Während der etwas ältere Student seine Scheine und Klausuren, wenn überhaupt, nur mit Ach und Krach bestanden habe, habe Lichtenberg bald alle seine Arbeiten zweistellig geschrieben, das heißt mehr als neun Punkte auf der Notenskala von null bis achtzehn Punkten erreicht. Diese Punkte seien damals wie heute äußerst sparsam von den Korrektoren vergeben worden, wer sieben Punkte erreicht habe, sei bereits als Prädikatsjurist bezeichnet worden, wer neun Punkte erreicht habe, als ausgesprochene juristische Begabung. Mit zehn oder mehr Punkten aber sei man, wie er, zu den Begnadeten zu zählen gewesen, woran sich bis heute nichts geändert habe.

Vom ersten Semester an habe Lichtenberg all seine Arbeiten ausnahmslos im zweistelligen Bereich bewertet bekommen, wie er und seine Kommilitonen das ausgedrückt hätten. Das ganze Studium hindurch habe sich Lichtenberg ausschließlich im zweistelligen Bereich bewegt und nur einmal, bei der Hausarbeit zum Grundlagenschein, habe er in einer rechtsphilosophischen Arbeit über die Ideenlehre des Platon nicht mehr als neun Punkte erhalten, was zwar insgesamt überdurchschnittlich, für seine Verhältnisse jedoch ernüchternd gewesen sei.

In allen Hauptfächern aber, im Zivilrecht, Strafrecht und Öffentlichen Recht, habe er sämtliche kleinen und großen Scheine zweistellig geschrieben, wie am Ende seines Studiums auch sein Referendarexamen und am Ende der Referendarzeit auch sein Assessorexamen. Von Anfang an sei klar gewesen, daß es sich bei ihm um einen zweistelligen Juristen handeln werde, der darüber hinaus seine juristische Ausbildung in Rekordzeit beenden werde und tatsächlich auch beendet habe. Er habe es sich in seiner familiären und persönlichen Situation nicht leisten können, langsam oder schlecht zu sein, erklärte Lichtenberg.

Wäre er langsam oder schlecht gewesen, wäre er zugleich verloren gewesen, denn Lisa und ihre Mutter seien im schwiegermütterlichen Anwesen in Solln gesessen und letztere hätte nur auf die geringste Verfehlung seinerseits gewartet, während erstere unter der Fuchtel der letzteren sicher schon die geringste Verfehlung seinerseits irrig als die größte Katastrophe angesehen hätte. Zu Hause hätte er sich zu dieser Zeit ziemlich unwohl gefühlt, so Lichtenberg, keineswegs als Herr der Verhältnisse. Ausschließlich seine Schwiegermutter sei dafür verantwortlich zu machen gewesen. Lisa hingegen habe von den häuslichen Verhältnissen so gut wie gar nichts begriffen.

Überdies sei sie ja – wie gesagt – zu Beginn seines Studiums schon schwanger gewesen und zuerst dadurch und nach der Geburt durch das Kind so beansprucht, daß ihr entgangen sei, wie seine Schwiegermutter versucht habe, ihn aus allem hinauszudrängen, und wo dies nicht gelungen sei, schlecht zu machen.

Also sei er tagtäglich in die Universitätsbibliothek gegangen, um es gut zu machen und keinen Anfeindungen ausgesetzt zu sein, und habe gelernt und gearbeitet ohne Unterlaß, weil er gewußt habe, daß er nur auf diese Weise eine Chance gehabt habe, sich in den Verhältnissen, in die er sich begeben habe, zu behaupten.

IX.

BEFRAGT, ob er in häufigem Kontakt mit andere Studenten seines Fachs gestanden sei, bejahte Lichtenberg mit Bedauern und erklärte, er habe an der Universität nicht nur gearbeitet, sondern auch gelebt, denn er habe die Wochentage von frühmorgens bis spätabends in der Bibliothek und in den Hörsälen und in der allgemein so bezeichneten Juristen-Cafeteria zugebracht. Dabei habe er keineswegs die Absicht verfolgt, anderen Studenten seines Fachs nahe zu sein, dies habe sich vielmehr zwangsläufig so ergeben, schlicht, weil er ihnen in der Bibliothek, den Hörsälen und in der Juristen-Cafeteria gar nicht habe entkommen können. Jeder geistig halbwegs wohlgeratene Mensch, der über einen gewissen Rest an Eigenliebe verfüge, so Lichtenberg, müsse als Student an der Juristischen Fakultät das dringendste Interesse haben, den Kommilitonen zu entkommen. Diese Kommilitonen nämlich seien das Unerträglichste, was man sich überhaupt nur vorstellen könne. Man müsse bei den Äußerlichkeiten beginnen, um dies zu erklären, denn Äußerlichkeiten seien das, womit sich die Kommilitonen im wesentlichen beschäftigt hätten, und das Ergebnis dieser Beschäftigung hätten sie an ihren nichtsnutzigen Leibern getragen in Form von englischen Tweedanzügen mit Breeches, zweifarbigen Golfschuhen und Schalkrawatten beziehungsweise Blazern, Faltenröcken, dunkelblauen Kostümen mit vergoldeten Knöpfen etcetera, etcetera. Sei er in die Juristen-Cafeteria gegangen, habe er sich oftmals des Eindrucks nicht erwehren können, er sei, je nach Jahreszeit, in eine Jagdgesellschaft oder Golfpartie des britischen Hochadels geraten, dabei habe es sich bloß um den mittelmäßig begabten Nachwuchs des Mittelstandes aus München und Umgebung gehandelt. Freilich seien beinahe ebenso viele Hamburger, Frankfurter und Berliner dagewesen, die den einheimischen Kollegen in ihrer Selbstüberschätzung und Beschränktheit nicht nachgestanden hätten. Jurastudenten eben allesamt, so Lichtenberg, deren bloßer Anblick die bösartigsten Witze, die über ihresgleichen kursierten, geradezu als nachsichtig habe erscheinen lassen.

Allein sein unbedingter Wille zur Selbsterhaltung sei es gewesen, der ihn dazu gebracht habe, sein Studium in der kürzestmöglichen Zeit von acht Semestern abzuschließen, denn keinen Tag länger, so Lichtenberg, hätte er das Zusammensein oder auch nur den Anblick dieser Figuren zu ertragen vermocht. Durch den Schleier ihrer Blasiertheit und Eingebildetheit hätten sie versucht, die Welt, die sie umgeben habe, zu begreifen, und seien dabei wie unfehlbar zu den peinlichsten und unglaublichsten Fehleinschätzungen gelangt, gleich, was gerade der Gegenstand ihres ja doch immer nur vorgeschobenen Interesses gewesen sei.

Noch nicht einmal vom Geld, von dem sie alle wie

von nichts anderem geträumt hätten, hätten sie eine Ahnung, geschweige denn einen Begriff gehabt, Geld sei bei ihnen allen, wie auch bei ihm selbst, das räume er ein, einfach immer vorhanden und reichlich zur Verfügung gewesen. Während er, Lichtenberg, diesen Umstand allerdings nie als Erweis seiner Überlegenheit, lediglich als seiner Bevorzugung begriffen habe, seien sie alle vollkommen irrig davon ausgegangen, das Geld, über das sie so leichthin verfügt hätten, sei ihnen aufgrund eigener außergewöhnlicher Verdienste und Begabungen zugeflossen, obwohl es ihnen doch einfach nur von ihren närrischen Eltern nachgeschmissen worden sei.

Ihre Eltern nämlich hätten dieses ungeheure Geld allesamt im Verlauf des sogenannten Wirtschaftswunders wenn nicht erarbeitet, so doch erhalten und seien hierüber zu dem Schluß gelangt, sie und folglich auch ihre Abkömmlinge seien ganz besonders großartige Begabungen, da ihre Tüchtigkeit sie, die Eltern, reich gemacht habe und ihr Reichtum nun nichts Vornehmeres bewirken könne, als sie, die Abkömmlinge, mit dem Besten und Höchsten zu adeln, was unsere Gesellschaft zu bieten habe, nämlich einer ausgezeichneten Schulbildung und einem darauffolgenden Jurastudium, dessen Abschluß wie ein staatlich geprüfter Intelligenznachweis zu betrachten sei, dem weiterer Reichtum geradezu zwangsläufig zu folgen habe.

Eine zwingende Schlußfolgerung, so Lichtenberg, die nur eines, allerdings das Wesentliche, außer Betracht lasse, nämlich die Blödheit der Abkömmlinge, die den Reichtum der Eltern für ihren eigenen hielten, die Wortgewandtheit der Professoren für den Beweis ihres eigenen Verstandes und die Vereinigung von beidem für das Fundament ihrer gesellschaftlichen Überlegenheit.

So sei er über unvorsichtig geschlossene Bekanntschaften schnell in falsche Kreise geraten und habe sich unversehens in der Juristen-Cafeteria mit Jurastudenten an einem Tisch gefunden, mit denen er, so Lichtenberg, besser nicht zusammengesessen wäre, denn es habe sich samt und sonders um Versager und Lumpen gehandelt, die die Börsenberichte in den Zeitungen gelesen hätten, nicht weil sie Aktien gehabt hätten, sondern weil sie dabei hätten gesehen werden wollen. Oft sei es darum gegangen, wer nun welches Auto fahre, und habe einer eingestehen müssen, daß er anstelle eines vom Vater gekauften Benz oder eines vom Vater gekauften BMW lediglich einen VW oder gar nur einen von der Mutter überlassenen Japaner fahre, sei er sofort vor allen als Schlappschwanz und gefährlicher Minderleister entlarvt worden.

Schlechte Studienleistungen hingegen, die in diesen Kreisen die Regel gewesen seien, seien regelmäßig auf die Unfähigkeit der Professoren zur Vermittlung des Stoffes zurückgeführt worden. Abhilfe hätten zumeist sogenannte Skripten schaffen sollen, die immer nur von den Schlechtesten aufgetrieben worden seien, die zwar vom Fach nicht das geringste gewußt hätten, dafür aber immer, wo diese Skripten erhältlich gewesen seien, deren Besitz angeblich nicht nur den Besuch der Vorlesungen, sondern sogar das Verständnis der Materie hätte entbehrlich machen können.

Dies sei der eigentliche Wunschtraum aller Jurastudenten gewesen, die er jemals kennengelernt habe: von nichts etwas verstehen zu müssen, trotzdem über alles reden zu dürfen – das vor allem – und dafür üppig abkassieren zu können, wobei ihnen letzteres, zu der Zeit, als er sie kennengelernt habe, noch verwehrt gewesen sei, weil sie ja noch Studenten gewesen seien und deshalb zu lernen gehabt hätten, was aber nicht bedeutet habe, daß sie nicht sofort nach einem wie auch immer bestandenen Examen ihre betrügerischen Absichten verwirklicht hätten, da sei er sich absolut sicher. Er, so sagte Lichtenberg, habe gleich gewußt, daß er sich mit diesen Leuten nicht einlassen könne, ohne sich mit ihnen messen zu müssen, und daß er sich mit diesen Leuten nur messen dürfe in der Gewißheit, der Stärkere zu sein.

Denn seien diese Leute auch schwach, was sie nicht wüßten, habe er gedacht, so seien sie auch rücksichtslos, worauf sie stolz seien, weswegen jedem, der sich mit ihnen anlege, nur eine Chance bliebe, nämlich ebenso rücksichtslos, aber stärker zu sein. Das sei allein möglich durch die Bewahrung desselben wachen Verstandes, der diesen Leuten von jeher abgehe, habe er gedacht, so Lichtenberg, den er jedoch immer gehabt habe und der ihn stets über diese Leute, die Jurastudenten, erhoben habe.

Den Vergleich, wer das teurere Auto oder den feineren Anzug, die besseren Krawatten oder die nobleren Schuhe trage, habe nur der Reichste bestehen können oder der Beste. Ihm sei es zutiefst zuwider gewesen, der Reichste sein zu wollen, obwohl er es, wie er sagte, aufgrund seiner familiären Vermögensverhältnisse hätte sein können, er habe, so sagte er, sobald er die Regeln verstanden habe, der Beste sein wollen, denn bei aller Verblendung sei den Jurastudenten eingegangen, daß sie zwar möglicherweise in ihrem Leben irgendwann noch reicher werden würden, als sie schon seien, aber sicherlich nie und nimmer klüger.

Sein Glück, so Lichtenberg, sei es gewesen, daß er von der ersten Klausur an immer die besten Noten geschrieben habe und folglich nie auf die unsinnigen Skripten seiner minderbegabten Mitstudenten angewiesen gewesen sei, die sich diese Skripten von wem auch immer auf dunklen Wegen beschafft und sodann eifersüchtig einander vorenthalten hätten, als enthielten sie das Wissen, das sie, die minderbegabten Kommilitonen, doch nie erlangen würden. Einige Male sei ihm von dem einen oder anderen ein solches Skript angeboten worden gegen einen Tip, wo er, Lichtenberg, diese oder jene Schuhe oder dieses oder jenes Jackett herhabe, aber er habe auf die Skripten immer nur gepfiffen und erklärt, er brauche diese Skripten nicht, um zu verstehen, was auch in jedem Lehrbuch stünde, den Unfähigen in dieser Form aber nicht begreiflich sei, womit er regelmäßig für Empörung gesorgt habe und weswegen ihm sogar, es sei kaum zu glauben, mangelnde Solidarität vorgeworfen worden sei.

Auch an den sogenannten Arbeitsgemeinschaften habe er sich nur einmal und dann nie wieder beteiligt und im folgenden ausschließlich allein gelernt, denn diese Arbeitsgemeinschaften seien von den Kommilitonen in eigener Regie allein dazu einberufen worden auszumachen, ob die anderen mehr wüßten als man selbst, und sie gegebenenfalls so lange zu verwirren und schädlich zu beeinflussen, bis sie weniger gewußt hätten als man selbst. Einmal habe er an einer sogenannten Arbeitsgemeinschaft teilgenommen und sei aus dem Staunen nicht mehr herausgekommen, wie findig noch der dümmste und jämmerlichste Jurastudent sei, wenn es darum gehe, einem anderen Wissen vorzugaukeln, wo in Wirklichkeit blanke Unwissenheit herrsche, einem anderen vor nahen Prüfungen Angst einzujagen, vor denen selbst Angst zu haben am allerwenigsten angezeigt sei.

Bestimmte Bücher, die vor Klausuren, zu deren Vorbereitung sie einschlägig wären, in der Bibliothek von Jurastudenten an falscher Stelle eingestellt und auf diese Weise versteckt würden, damit nur sie, nicht aber die Kommilitonen aus ihnen lernen und die Prüfungen bestehen könnten, würden in den Arbeitsgemeinschaften immer gerade von jenen gepriesen, die sich Kopien eines letzten Exemplars noch hätten sichern können. Man wage gar nicht erst, so Lichtenberg, um Einblick in diese Kopien zu bitten, da er nicht gewährt werden würde, werde einem doch schon das Blatt Papier kaum schenkweise ausgehändigt, auf dem man den Titel des Werkes notieren wolle. Wer schon die Titel bestimmter prüfungsrelevanter Bücher nicht auswendig wisse, geschweige denn über sie verfüge, und darüber hinaus noch nicht einmal ein Blatt Papier bei sich führe, den bestimmten Titel zu notieren, sei ein Arbeitsgemeinschaftsschädling; das werde in den Arbeitsgemeinschaften stets gedacht, aber niemals gesagt, denn es sei keineswegs so, daß man die Arbeitsgemeinschaftsschädlinge und Versager draußen halten wolle. Immerhin bescherten sie auch noch dem mittelmäßigsten der Teilnehmer das Gefühl, zu den Auserwählten zu gehören, wenn er sie über seine Erfolge in der Lehrmittelbeschaffung unterrichten könne – ohne je zu begreifen, was diese Mittel lehren sollten –, während die so Unterrichteten nichts dergleichen vorzuweisen hätten, was immerhin beruhigend wirke.

Lichtenberg sagte, er gebe zu, es sei bestürzend, mit welcher Leichtigkeit und welchem Nachdruck diese infantilen und defizitären Charaktere samt und sonders eine sogenannte Karriere im von ihnen angestrebten Sinne machten, denn ihre bescheidene Geisteskraft stünde in geradezu dramatischem Gegensatz zu der Macht, die sie dann ausübten. Nicht daß er sich darüber Sorgen mache, es sei ihm nur immer unverständlich gewesen, wie dieses Paradoxon zustande kommen könne.

Dies aber alles beiseite gelassen, sei es ihm, Lichtenberg, stets das gehässigste und gemeinste Vergnügen gewesen, seine Kommilitonen, die Jurastudenten in der Juristen-Cafeteria, in ihrem Paarungsverhalten zu beobachten, das ihr zuvor beschriebenes – man könne es eigentlich nicht so nennen – Lernverhalten an Einfalt, Plumpheit, Lächerlichkeit noch bei weitem übertroffen habe, denn hier sei es buchstäblich rücksichtslos zur Sache gegangen.

So habe es einen bestimmten Frauentyp gegeben, der mit weitem Abstand der angesagteste gewesen sei, es habe sich um jenen der flachbrüstigen, langbeinigen, kußmündigen Blondine gehandelt, die ihr Haar offen, glatt und lang bis zum Hintern getragen habe. Viele solche seien unter den Kommilitoninnen gewesen, zum Bersten arrogant und steindumm, so Lichtenberg, oftmals aber mit hervorragenden Kontakten zu mindestens einem Lehrstuhl.

Vor Hausarbeiten, die zur Erlangung der Scheine erforderlich gewesen seien, hätten sich diese allgemein so bezeichneten scharfen Frauen, in deren Charakter, so Lichtenberg, allein die Geldgier scharf und klar herausgebildet gewesen sei, in Scharen an ihre Schalkrawatten und Glasbausteinbrillen tragenden Kommilitonen hingehängt, damit die ihnen die Arbeiten schrieben, gegen die Aussicht auf reichlichen Liebeslohn.

Nachdem die Schalkrawatten- und Glasbausteinbrillenträger infolge ihrer nur zu gut erklärlichen, permanenten Frauennot unausgesetzt unter Hochdruck gestanden seien, hätten sie sich ungeachtet ihres fachlichen Leistungsvermögens in libidinöser Verblendung sogar dazu hinreißen lassen, ihren Kommilitoninnen Bestnoten zu versprechen, die sie, die Jurastudenten, schon für sich selbst nie erreicht hätten. Nur zu oft, so Lichtenberg, habe er beobachten müssen, wie die Aussicht auf geschlechtliches Entgelt den Kommilitonen den ohnehin gering bemessenen Verstand geraubt habe, mit dem Erfolg, daß sie mit ihren eigenen Arbeiten wie mit den für die langbeinigen Blondinen angefertigten durchgefallen seien, weswegen sie am Ende weder über Scheine noch über Frauen verfügen hätten können, was hart, aber, wie er, Lichtenberg, finde, nicht ungerecht gewesen sei.

Jedenfalls habe er die Szenen genossen, die sich Semester für Semester in der Juristen-Cafeteria abgespielt hätten, wenn wieder die Hausarbeiten korrigiert zurückgegeben worden seien und die langbeinigen Blondinen wie die Furien über ihre Schalkrawattenträger hergefallen seien mit dem Vorwurf, nun hätten sie, die Blondinen, wieder ein ganzes Semester umsonst studiert.

Das große Staatsexamen zum Ende seiner Ausbildung, so Lichtenberg, habe erst das reinigende Gewitter gebracht, das er bei der Beobachtung solcher Szenen oft und oft ersehnt habe.

Im großen Staatsexamen seien diese Existenzen notgedrungen erstmals in acht fünfstündigen Klausuren auf sich selbst zurückgeworfen gewesen, und es seien herrliche, geradezu erhebende Nervenzusammenbrüche gewesen, die er da bei manchen aus nächster Nähe habe miterleben dürfen. Einige hätten irgendwann stumm, mitten in der Klausur, mit Tränen in den Augen ihre Bücher zugeklappt, seien hinausgegangen und an keinem der nächsten Tage wiedergekommen. Andere hätten laut zu schluchzen, zu schimpfen und zu schreien angefangen, den verdutzten Aufsichtsführenden des Prüfungsamtes als Alleinschuldigen ihrer Misere ausgemacht und ihn gleichsam stellvertretend für alle Aufgabensteller vor den nicht weniger irritierten Prüflingen als sadistischen Teufel entlarvt. Wieder andere hätten sich ohne jede Auffälligkeit der Veranstaltung am dritten oder vierten Tag nach drei oder vier verpatzten Arbeiten entzogen und sich tatsächlich umgebracht. Die allermeisten seiner Kommilitonen aber, so Lichtenberg, hätten das große Staatsexamen bestanden – ein Gedanke, der ihm unerträglich sei, sobald er ihm in den Sinn komme, und der die völlige Verkommenheit des juristischen Ausbildungssystems beweise – schließlich handle es sich bei seinen erfolgreichen Absolventen samt und sonders, von raren Ausnahmen abgesehen, um Idioten – und der ihn zwinge, seine Kollegen, sooft er ihnen beruflich begegne, mit offen zur Schau gestellter Verachtung gegenüberzutreten, denn es sei eine Zumutung und eine Erniedrigung gewesen, sich acht Semester lang Tag für Tag im Umgang mit ihnen durch ihre Mittelmäßigkeit und ihre Einfalt beleidigen lassen zu müssen, die er nicht erlitten habe, ohne erheblichen Schaden daran zu nehmen.

Allein schon aus diesem Grund, so Lichtenberg, habe

er es nach dem Bestehen der Prüfungen nach Kräften vermieden, je wieder seinen ehemaligen Kommilitonen zu begegnen, und jedesmal, wenn es doch geschehen sei, sei ihm schmerzlich bewußt gewesen, daß es ein weiteres Mal zuviel gewesen sei.

X.

BEFRAGT, wie sich sein Familienleben, insbesondere mit seinen Kindern, während seines Studiums angelassen habe, berichtete Lichtenberg, nachdem er sich von seiner Frau zur Fortpflanzung habe drängen lassen, sei ihm bald klargeworden, daß er damit nicht in erster Linie neues Leben geschaffen, sondern die Herrschaft über sein eigenes aus der Hand gegeben habe.

Seit ihrer ersten Schwangerschaft habe sich seine Frau für nichts anderes mehr interessiert als für ihren Bauch. Ihre Lieblingswendung sei der Satz geworden, sie müsse oder werde dieses oder jenes aus dem Bauch heraus entscheiden, was ihn, Lichtenberg, in helle Wut versetzt habe, da für ihn unbegreiflich gewesen sei, wie eine – wie er vermutet habe – vernunftbegabte Frau, lediglich wegen des Einsetzens einer Schwangerschaft, plötzlich völlig kopflos werden und zur Begründung all ihres Tuns immer nur auf ihren Bauch verweisen könne. Seit Beginn ihrer Ehe und seitdem sie im Haus der Schwiegermutter in ihrer Ehewohnung, diesem Luxusgrab, so Lichtenberg, eingezogen gewesen seien, hätte seine Frau, wie gesagt, sowieso eindeutig unter der Fuchtel ihrer Mutter gestanden, wenn sie beide sich ihm gegenüber auch alle Mühe gegeben hätten, dies zu verbergen.

Seit ihrer ersten Schwangerschaft aber habe Lisa von

sich aus plötzlich unverholen und immer aggressiver ihm gegenüber den schwiegermütterlichen, oder wie sie gesagt habe, Orlowschen Standpunkt vertreten, während er mit seinem Lichtenbergschen Standpunkt überhaupt nicht mehr durchgedrungen sei. Aus dem Bauch heraus habe sie beschlossen, das erste Kind müsse, falls es ein Junge werde, was sie spüre, Marc heißen, und als er, Lichtenberg, widersprochen und erklärt habe, er wolle keinesfalls, daß sein erstes Kind, falls es ein Sohn sei, Marc heiße, habe sie einen Streit mit ihm angefangen, in dessen Verlauf in allen Zimmern der Wohnung teure, teilweise übrigens von seinem Vater bezahlte Ausstattungsgegenstände zu Bruch gegangen seien, bis er schließlich, nachdem ein silberner Kerzenleuchter, den ihr ihre Mutter kurz zuvor von einem Einkaufsbummel in der Stadt mitgebracht habe, wenige Zentimeter an seiner rechten Schläfe vorbei gegen die Wand geflogen sei, erschöpft aufgegeben und den Namen Marc akzeptiert habe.

Daraufhin habe er die Wand untersucht und eine zwei Zentimeter tiefe Scharte darin festgestellt, der Kerzenleuchter selbst hingegen sei unversehrt geblieben.

Er, Lichtenberg, habe Lisa darauf hingewiesen, daß – bei allem Verständnis für ihren Wunsch, ihr erstes Kind solle, falls es ein Sohn sei, Marc heißen –, er es nicht hinnehmen könne, daß sie mit dem Wurf des Kerzenleuchters das Risiko eingegangen sei, ihn tödlich zu treffen; dies sei der Diskussion weder nach Anlaß noch Bedeutung angemessen gewesen. Lisa habe höhnisch ihr

Bedauern geäußert, sie habe lediglich aus dem Bauch heraus den Orlowschen Standpunkt vertreten, da könne so etwas passieren, er, Lichtenberg, solle sich künftig vorher überlegen, ob es wirklich nötig sei, so vehement auf seiner Meinung zu beharren, zumal ihm ja bekannt sei, daß sie – schwanger wie sie sei – grundsätzlich alles nur noch vom Orlowschen Standpunkt aus sehen und aus dem Bauch heraus entscheiden könne.

Ferner würde sie anstelle seiner destruktiven Kritik an ihrer Namenswahl für den Fall der Geburt eines Sohnes viel mehr interessieren, welchen konstruktiven Namensvorschlag er für den Fall der Geburt einer Tochter bereit halte. Diese Wendung habe ihn allerdings völlig aus dem Konzept gebracht, so daß er partout nicht imstande gewesen sei, vom Fleck weg einen brauchbaren Mädchennamen zu nennen, zumal er bisher nicht im Traum daran gedacht habe, das Kind in Lisas Bauch könne unter Umständen ein Mädchen werden.

Lisa habe triumphiert, weil er keinen Mädchennamen habe nennen können, dabei seien ihm, so Lichtenberg, durchaus jede Menge Mädchennamen eingefallen, er habe aber keinesfalls einen nennen wollen, weil ihm dieser, gleich welcher es gewesen wäre, jedenfalls von Lisa als unerschütterlicher Beweis seiner Geschmacklosigkeit und schlimmer noch Lieblosigkeit vorgehalten, genauer gesagt um die Ohren gehauen worden wäre.

Zu Hause, so habe er, Lichtenberg, gelernt, habe der Mann nichts mehr zu lachen, sobald er sich dem weiblichen Prinzip unterordne. Dies zu tun sei allein deshalb schon verhängnisvoll, weil es nicht rückgängig zu machen sei, was aber alles in allem noch als ein geringes Übel zu betrachten sei, denn eigentlich schlimmer als das Wissen um die lebenslange Dauer dieser Unterordnung sei die Tatsache, daß sich kein normaler Mann einen Begriff davon mache, was wahre Unterordnung unter das weibliche Prinzip bedeute, sondern sich davon noch in seinen fürchterlichsten Alpträumen eher komfortable Vorstellungen mache, verglichen mit dem, was ihn in Wirklichkeit erwarte.

Aufgewachsen sei er, Lichtenberg, in Abwesenheit seiner toten Mutter, die von seinem Vater ihm gegenüber buchstäblich in den Himmel gelobt worden sei, was dazu geführt habe, daß paradoxerweise die einzige, alle Zeit in seiner Kindheit und Jugend gegenwärtige Frau seine todesbedingt abwesende Mutter gewesen sei. Die wechselnden vom Vater beschäftigten Haushälterinnen hätten dagegen als schon dem Dreijährigen gegenüber Weisungsgebundene gar nicht gezählt, sie seien, wenn auch zuweilen ansehnlich, Personal gewesen, keine Frauen.

Seine Mutter, so Lichtenberg, habe für ihn immer nur als ein ihm vom Vater implantiertes Wahngebilde existiert, wunderschön, gutherzig, weise und klug, doch leider tot. Die väterliche Beschwörung des Muttergeistes habe Lichtenberg für sentimental gehalten, für den unsinnigen Trost, den sein Vater sich gespendet habe, wenn er einsam gewesen sei. Dies sei übrigens nicht zu oft vorgekommen, wenn aber, habe sich sein Vater mit einer Flasche Wein und ihm, seinem Sohn, ins Wohnzimmer gesetzt und so lange unter Tränen von seiner verstorbenen Frau erzählt, bis die Flasche Wein leer gewesen sei und er voll.

Wimmernd und leise schluchzend sei er schließlich in seinem Schaukelstuhl eingeschlafen, und am nächsten Tag habe er getan, als habe es diese Szene nicht gegeben.

Er, Lichtenberg, sei seinem Vater ziemlich bald auf die Schliche gekommen, denn tatsächlich habe er immer dann derartige Mutteranfälle bekommen, wenn er im Automobilversicherungsunternehmen Ärger gehabt habe oder sonst beruflich etwas nicht nach seinen Vorstellungen gegangen sei.

Nachdem er, wie Lichtenberg vermute, im Automobilversicherungsunternehmen tagsüber den wilden Mann markiert habe, habe er sich abends zu Hause im Wohnzimmer im Schaukelstuhl einen weinerlichen und sentimentalen Mutteranfall gegönnt. Ihm, Lichtenberg, sei seine verstorbene Mutter dadurch mehr und mehr wie ein Engelswesen erschienen, das, wäre es nur anwesend, alle Wunden heilen könne. Die tatsächliche Anwesenheit von Frauen habe Lichtenberg deshalb schon immer als äußerst angenehm empfunden und sich auch von frühester Kindheit und Jugend an sehr danach gesehnt.

Wenn er anderen jungen Männern zugehört habe, wie sie darüber gewitzelt hätten, daß einer ihrer Freunde geheiratet und sich aller Spaß damit erübrigt habe, sei ihm dies völlig unverständlich gewesen, weil er die Gerüchte um die angeblichen strikten Beschränkungen, denen insbesondere junge Ehemänner unterlägen, lediglich für den Ausdruck der Beschränktheit und des Neides der unverheiratet gebliebenen Freunde gehalten habe. Um was es sich handle, habe er erst erfahren, als Lisa ihn, wie er sagen müsse, nach Strich und Faden über den Tisch gezogen habe. Vor Lisa habe er den Umgang mit Frauen stets als etwas Befreiendes, nie Beengendes empfunden. Auch mit Lisa sei er anfangs trotz oder gerade wegen der familiären Widrigkeiten gemeinsam ins Freie gelangt, wie er geglaubt habe, bald habe sich für ihn aber herausgestellt, daß das erstrebte Freie für ihn in Wirklichkeit die verabscheute Enge bedeute.

Die miefigen Spießerwitze, nach denen die Ehe ein Grab sei, das Ende aller Hoffnungen und Begierden, seien ihm jetzt wie bittere, düstere Wahrheiten vorgekommen, ebenso das Genörgel der Stammtische, die Ehefrauen seien habsüchtige Ungeheuer, die täglich neue Mittel ersönnen, ihren Männern vor Augen zu führen, wie erbärmlich sie seien.

Erbärmlich habe auch er sich gefühlt, bis über den Scheitel eingedeckt mit Pflichten und Verantwortungen, so nichtig und lächerlich, daß sie vor allem geeignet gewesen seien, denjenigen, der sie zu tragen und zu erfüllen gehabt habe, zu beleidigen.

Seine Frau Lisa habe nach Marcs Geburt ohne zu zögern auf einer zweiten Schwangerschaft bestanden. Lichtenberg, so sagte er, habe sich während der ersten

Schwangerschaft von ihrem Beginn an in einem Tag für Tag, Woche für Woche, Monat für Monat sich steigernden, anschwellenden Alarmzustand befunden. Mit dem Bauch seiner Frau, so Lichtenberg, sei auch seine Furcht immer größer geworden. Lisa habe jeden Morgen verklärt diese immer deutlicher hervortretende Ausbuchtung ihres Leibes gestreichelt und ihm, Lichtenberg, erklärt, wie faszinierend sie es finde, daß in ihrem Körper ein neues Leben heranwachse, während er sich des Eindrucks nicht habe erwehren können, dieses heranwachsende Leben solle sein eigenes Tag für Tag weiter einschränken und schließlich zur Gänze verhindern. Dieser Eindruck habe sich in dem Maße verstärkt, wie er begriffen habe, daß für ihn in dieser, wie er sich ausdrückte, gesamten Angelegenheit ganz und gar nichts zu tun sei.

Zwar sei ihm gesagt worden, er müsse jetzt sein Kind ernähren und deshalb so schnell wie möglich zu Ende studieren, es sei aber klar gewesen, daß für die Ernährung des Kindes bereits durch die Schwiegermutter gesorgt gewesen sei, die durch den ihrer Tochter versprochenen Einsatz ihres Vermögens die Aufzucht und Erziehung des Kindes in ihre Hand zu bekommen versucht habe, was ihr auch bald gelungen sei.

Man habe ihm erklärt, auf ihn kämen nun schwere väterliche Pflichten zu, ohne daß irgend jemand ihm habe erklären können, worin diese bestünden. Habe er nachgefragt, habe man ihm gesagt, es sei wohl seiner Unreife zuzuschreiben, daß er das nicht selbst erkenne. Erkannt habe er allein, wie das Heranwachsen des Kindes im Bauch seiner Mutter deren Zugriff auf ihn vereinfacht habe und er mehr und mehr ihren Weisungen unterworfen gewesen sei, denen nicht zu folgen ein weniger und weniger entschuldbares Vergehen an einer Schwangeren gewesen wäre.

Seine Frau Lisa und ihre Mutter hätten, so Lichtenberg, einen regelrechten Gebärterror um ihn herum veranstaltet, der allein den Zweck gehabt habe, ihn zu verwirren und zu schwächen und ihn, wo er einmal die Zügel in der Hand gehabt habe, zu entmachten.

Als sein Sohn Marc zur Welt gekommen sei, endlich den Körper seiner Mutter verlassen habe, sei ihm, Lichtenberg, aufgegangen, daß ihm seine Frau und seine Schwiegermutter nur Angst gemacht hätten, wo er Angst gar nicht zu haben gebraucht habe. Während ihm Frau und Schwiegermutter zur Geburt stets den Höhepunkt des Gebärterrors in Aussicht gestellt hätten, dem er, Lichtenberg, sich gänzlich zu unterwerfen habe, sei ihm klargeworden, daß die Geburt des Kindes seine Befreiung habe bedeuten können, denn es sei unübersehbar gewesen, wie wenig der Säugling, ein blaurotes, quäkendes Bündel, daran interessiert gewesen sei, ihn zu terrorisieren.

Anstatt ihm, Lichtenberg, jedoch, wie er insgeheim gehofft habe, unvorsichtigerweise zu gestatten, seinen neugeborenen Sohn gegen Frau und Schwiegermutter zu vereinnahmen, um nicht mehr ganz allein auf verlorenem Posten zu kämpfen, sei er von Lisa bereits wenige

Wochen nach der Geburt angehalten worden, ein weiteres Kind mit ihr zu zeugen.

Angeblich habe dies geschehen müssen, damit Marc kein Einzelkind bleibe, in Wirklichkeit aber ausschließlich, damit der Gebärterror gegen ihn, Lichtenberg, habe fortgesetzt werden können. Die Schwangerschaft seiner Frau Lisa mit ihrer Tochter Claudia habe die Fortsetzung dessen gebracht, was Lisa und ihre Mutter während Lisas Schwangerschaft mit Marc begonnen hätten, nur sei noch des letzteren Geschrei dazugekommen.

Lichtenberg sagte, er habe seine Kinder trotz dieser Umstände stets gern gehabt, aber bedauert, daß er, anders als er es sich erhofft habe, niemals dazu gekommen sei, ihnen die Welt, in die sie hineingeboren worden seien, unverstellt zu zeigen. Dies sei eine Welt gewesen, in der von Anfang an nicht Fürsorge, Behutsamkeit, Vertrauen regiert hätten, sondern Bosheit, Durchtriebenheit und Verachtung. Jede Entscheidung zu allererst unter dem Gesichtspunkt des damit verbundenen persönlichen Vorteils zu treffen, sei eine Fähigkeit, die Männer wie Frauen beherrschten, wenn sie dem Leben gewachsen seien. Nur bauten die Männer in dieser Hinsicht auf ihren Verstand und ihre Kraft, die Frauen hingegen, weil sie über beides nicht verfügten, auf ihre Verschlagenheit und Ausdauer. Jeder Begriff, den man sich von Tapferkeit, Beharrlichkeit, Nachsicht und Verzeihung mache, werde am Ende verhöhnt durch gehässige Weiberintrigen, so Lichtenberg.

Seine Kinder hätten sprechen gelernt und seien von

ihrer Schwiegermutter zuvorderst unterwiesen worden, daß die Sprache zur Verleumdung nicht zuletzt des eigenen Vaters gut sei wie nichts sonst.

Schon bald, als Dreijähriger schon, habe es sein Sohn verstanden, ihn auszufragen und auszuhorchen und die Ergebnisse seiner Ermittlungen an die Schwiegermutter weiterzutragen wie ein gewissenhafter Polizist an seinen Dienstherrn.

Lichtenberg erinnere sich an einen heißen Sommertag, an dem er in kurzen Hosen mit einer Zeitung und einer Zigarette entspannt auf der Balkonterrasse gesessen und geraucht habe.

Unvermittelt sei sein Sohn vor ihm gestanden, habe auf die Zigarette gedeutet und gesagt: «Oma hat gesagt, Papa muß bald sterben.»

Lichtenberg habe stumm die halbgerauchte Zigarette über den Balkon auf die Terrasse seiner Schwiegermutter geschnippt, wo sie langsam ausgeglüht sei. Dann sei er aufgestanden und, immer noch wortlos, an seinem Sohn vorbei und hinunter in den Garten gegangen.

Der Garten seiner Schwiegermutter sei ein riesiger, erstklassig gepflegter Garten. Er sei weit gegangen und habe sich auf eine Bank hinter einer Hecke gesetzt, die vom Haus aus nicht zu sehen sei. Er habe die Ellbogen auf seine Knie gestützt und den Kopf hängen lassen und den Kies zwischen seinen Füßen betrachtet.

Allezeit sei er sich bewußt gewesen, habe er gedacht, so Lichtenberg, daß die Fortpflanzung nur vordergründig der Selbsterhaltung diene. Denn müsse einem der

Fortbestand von Art und Gattung ohnehin gleichgültig sein, da man ihn nicht beeinflussen könne, so stelle sich bald heraus, daß die Fortpflanzung für den einzelnen nichts weniger bedeute als die Kapitulation vor der eigenen Endlichkeit. Wer sich fortpflanze, habe damit seinem eigenen Tod das Jawort gegeben. Die Menschen verstünden das nicht, sie glaubten, sie würden das Leben bejahen, indem sie sich fortpflanzten, tatsächlich besiegelten sie ihr Verderben.

Welche Hochachtung, so habe er auf der Bank im Garten seiner Schwiegermutter hinter der Hecke gedacht, verdienten jene, die sich entschlössen, ihre nichtige Existenz ohne je irgendeinen Fortpflanzungsschwindel mit sich selbst getrieben zu haben, zu beenden – im vollen Bewußtsein ihrer durch nichts verschleierten Hinfälligkeit.

Wer einmal ein Kind gezeugt und auf die Welt gebracht habe, sei für jeden klaren Gedanken, seine eigene Nichtigkeit betreffend, verloren, habe er gedacht. Habe man einmal Kinder, müsse man alles, was man tue, schon der Kinder wegen tun und habe insofern gar keine Wahl mehr. Das ganze eigene Elend, in das man sich selbst durch die Zeugung der Nachkommenschaft hineinmanövriert habe, müsse man jetzt eben, wie man sich vorsage, allein schon der Kinder wegen ertragen. Dabei sei einem der höchste Respekt sicher, weil man sich für seine Kinder aufopfere, ohne das freilich je gewollt zu haben. Dieser höchste Respekt werde einem freilich nur von jenen gezollt, die selber noch schlechter dran seien, sprich, noch mehr Kinder hätten. Und sie zollten diesen Respekt allein, weil sie diejenigen, die sie lobten, noch tiefer in ihr Fortpflanzungsverhängnis hineintreiben wollten.

Die anderen aber, die keine Kinder hätten und auch nicht wollten – dies seien nur wenige und durchweg ausnehmend klare, denkerisch veranlagte Menschen –, könnten allein ihren denkerischen Kopf darüber schütteln, wie einst geistig Ebenbürtige sich heillos im Fortpflanzungswahn verlören und natürlich, spätestens nach dem zweiten Kind, die Fortpflanzung zum Allerwichtigsten im menschlichen Leben erklärten, während sie in Wirklichkeit das Allererbärmlichste darin sei, denn sie trage wider alle Vernunft dazu bei, das Menschenunglück zu vermehren, anstatt es zu beenden. Er, Lichtenberg, liebe seine Kinder nach wie vor, er habe sie auch geliebt, als er sie mit Lisa zusammen bekommen habe, weil sie ja nichts dafür gekonnt hätten, daß sie von seiner Frau eingesetzt worden seien, um ihn letztendlich der Schwiegermutter auszuliefern.

Das Verheiratetsein und das Kinderkriegen im ersten Stock des Hauses der Schwiegermutter, habe er auf der Bank in deren Garten hinter der Hecke gedacht, sei ihm vorgekommen wie das Ende seines Lebens als abgegrenztes, klar von anderen unterscheidbares Einzelwesen.

Die Geburten seiner Kinder und die Einflußnahme von Lisa und seiner Schwiegermutter auf ihn, deren Berechtigung und sogar Notwendigkeit aus diesen Geburten gefolgert worden seien, hätten schrittweise die Auflösung seiner Umrisse als Einzelwesen bewirkt, und er sei, wie er sagen müsse, dabei gewesen, zu einem völlig willenlosen, fremdbestimmten Familientier zu verkommen.

XI.

Befragt, wie sich dies wiederum auf sein Fortkommen in der Arbeitswelt ausgewirkt habe, antwortete Lichtenberg: «furios.»

Aufgrund seiner familiären Misere sei er in seinem Beruf zu einem noch gefährlicheren Leistungsfanatiker geworden, als er es ohnehin schon gewesen sei, und er habe keine Gelegenheit ausgelassen, seine sogenannten Kollegen zu düpieren, indem er sie ausgestochen habe, wo immer es ihm möglich gewesen sei.

Zu dem Vorstellungsgespräch in dem Büro, das ihn als einen unter Hunderten von Bewerbern ausgewählt gehabt habe, um ihn persönlich kennenzulernen, sei er in seinem besten Anzug und in der besten Absicht gegangen, um sich von seiner leistungswilligsten und dynamischsten Seite zu präsentieren.

Bei seiner Ankunft sei er von einer alterslosen Sekretärin in einem auf Taille geschnittenen Kostüm mit Maschinenlächeln empfangen worden.

«Herr Lichtenberg», habe ihn die Sekretärin angesprochen, noch bevor er sich habe vorstellen können, und wie sie seinen Namen betont habe, habe klargemacht, daß sie keinerlei Erklärungen von ihm erwarte, sondern allein, daß er seinen Mund halte und ihr folge.

Sie habe ihn in die Bibliothek geführt, wobei sie ihm den Vortritt gelassen habe, um ihn besser dorthin scheuchen zu können und zu verhindern, daß er sich in dem Büro umsehe.

In der Bibliothek angelangt, habe sie ihn schlangenhaft gefragt, ob er Tee, Kaffee oder Wasser wünsche, als ob seine Wahl, gleich wie sie ausfalle, jedenfalls einen unverzeihlichen Mißgriff darstellen müsse.

Er habe Wasser erbeten, das ihm umgehend von einer offenbar der Empfangssekretärin untergeordneten weiblichen Person gebracht worden sei. Er habe sich in dem sehr hohen, bis unter die Decke mit in pedantischer Ordnung sortierten Bücherregalen vollgestellten Raum umgesehen, in dessen Mitte ein imposanter Sitzungstisch aus schwerem, dunklem Holz gestanden habe, der etwa dreißig Leuten habe Platz bieten können. Die untergeordnete weibliche Person habe das Wasserglas neben einem kopierten juristischen Aufsatz abgestellt, dem einzigen Schriftstück auf dem großen Konferenztisch.

Der Aufsatz habe den Titel getragen «Die Bananenmarktordnung im Lichte deutscher Grundrechte». Lichtenberg habe sich ein spöttisches Lächeln nicht verkneifen können, doch habe es sofort bereut, denn in diesem Moment seien die Teilhaber des Büros in die Bibliothek getreten und hätten ihn von Beginn an mit größter Aufmerksamkeit und Präzision ins Auge gefaßt, auch sein spöttisches Lächeln sei keinem der Teilhaber entgangen.

«Wir sehen Sie bei einem Glas Wasser in die Lektüre eines interessanten Artikels vertieft», habe einer der insgesamt vier Männer, offenbar ihr Anführer, gesagt. «Ihr Lächeln beweist uns, daß Sie mit seinem Inhalt bereits vertraut sind.»

Lichtenberg sei zu einer Erwiderung noch nicht gekommen, da habe ihm schon der Anführer, ein nußbraungebrannter blonder Vierziger mit vollem Haar, bohrendem blauäugigem Blick und gewaltigem Unterkiefer die Hand hingestreckt und sich durch Nennung seines Nachnamens vorgestellt.

Bevor Lichtenberg pflichtschuldig seinen eigenen Namen habe aussprechen können, seien ihm von dem Anführer auch die der drei anderen Teilhaber genannt worden, begleitet von drei kurzen Fingerzeigen.

Weiter habe der Anführer gesagt: «Sie trinken Wasser; Wasser ist gesund, aber es schmeckt nicht. Unser Kaffee ist ausgezeichnet, Sie haben ihn abgelehnt, haben Sie Angst, krank zu werden?»

Lichtenberg sei natürlich ohne weiteres klar gewesen, daß mit dieser Frage das Vorstellungsgespräch eröffnet worden sei, und er habe geantwortet, er habe nichts gegen Kaffee, trinke ihn in Maßen gern, ziehe aber an heißen Tagen wie diesem Wasser vor.

Er sei sich sehr schlau vorgekommen nach dieser Antwort, sagte er, und habe versucht, sich seine Selbstzufriedenheit nicht anmerken zu lassen.

Sie hätten alle gelacht, wo nichts zu lachen gewesen sei, und sich an den Konferenztisch gesetzt, er auf der einen Seite, die vier Teilhaber auf der anderen Seite.

«Was wissen Sie über die ‹Bananenmarktordnung›»,

habe überfallartig der neben dem Anführer sitzende Teilhaber, der diesem bis auf die dunkle Haarfarbe sehr ähnlich gesehen habe, insbesondere im Kieferbereich, streng, beinahe feindselig gefragt.

Nichts habe er freilich über die «Bananenmarktordnung» gewußt, sagte Lichtenberg, weil diese absolut nebensächlich sei und deshalb im Studium nicht behandelt werde, aber es sei ihm nun klar gewesen, daß der blödsinnige Artikel über «Die Bananenmarktordnung im Lichte der deutschen Grundrechte» nicht zufällig auf dem Konferenztisch gelegen habe, sondern absichtlich und um ihn aufs Glatteis zu führen.

Gott sei Dank habe er genug gesunden Menschenverstand besessen, um den Weg aus der Klemme allein und ohne Schwierigkeiten zu finden. Aus dem Stegreif habe er über die Bedeutung der deutschen Grundrechte in der Europäischen Union räsoniert und deren Wichtigkeit betont, wobei er beispielhaft auch immer wieder auf den Handel mit Bananen Bezug genommen habe.

Dies habe den Herren nicht mißfallen, im Gegenteil, sie seien seinen Ausführungen interessiert, teils sogar amüsiert gefolgt, ohne freilich in irgendeiner Weise zu äußern, wie sie deren Qualität beurteilt hätten.

Lichtenberg aber, so sagte er, sei sich, als er zu reden angefangen und bemerkt habe, daß es ihm nicht schwerfalle weiterzureden, sicher gewesen, gewonnen zu haben, denn, so sagte er, noch stets in seinem Leben habe er von den Leuten das bekommen, was er von ihnen gewollt habe, wenn ihm nur erst einmal die Gelegenheit eingeräumt worden sei zu reden und es ihm nach einem Anfang gelungen sei weiterzureden.

Die Teilhaber, so Lichtenberg, hätten sich angehört, was er zu sagen gehabt habe, und erst als er zu einem Ende gekommen sei, hätten sie nach einer kurzen Pause begonnen, mit Bedacht Fragen an ihn zu richten, die ihn in Verlegenheit gebracht hätten.

Der Anführer habe Lichtenberg, so Lichtenberg, gefragt, was sein größter Mißerfolg in seinem bisherigen Leben gewesen sei. Dabei habe der Anführer durch weites Vorschieben seines wuchtigen Unterkiefers und Zähneblecken klargemacht, daß er selbst in seinem Leben einen Mißerfolg noch nicht im entferntesten zu verzeichnen gehabt habe.

Lichtenberg habe trotzig geantwortet, ein Mißerfolg sei ihm bisher erspart geblieben; deute sich in seinem Leben ein Mißerfolg an, sei er gewöhnt, durch disziplinierten Einsatz für sein Ausbleiben zu sorgen. Da er Herr seiner Sinne und seines Verstandes sei, sei ihm das noch stets gelungen.

Der Anführer habe sich über den Tisch gebeugt und derart gelächelt, daß seine tadellosen Backenzähne zum Vorschein gekommen seien, und habe gefragt, ob er, Lichtenberg, zur Selbstüberschätzung neige.

Lichtenberg habe geantwortet, keineswegs, im Gegenteil sei er ein Verfechter harter Selbstkritik, er sehe sich nichts nach.

Der neben dem Anführer sitzende Partner habe ihn ernst angesehen und wissen wollen, ob Lichtenberg glaube, daß es mit seinem Selbstbewußtsein weit genug her sei, sich einen Job in diesem Büro zuzutrauen, sie könnten hier keinen gebrauchen, der sich mit Selbstzweifeln um seine Produktivität bringe, was allein zähle, sei Leistung, Leistung, Leistung.

Lichtenberg habe genickt, und sie hätten sich schweigend angesehen.

Der Anführer sei als erster aufgestanden, dann die anderen Teilnehmer und hätten sich entschuldigt, sie würden bald wieder hereinkommen, Lichtenberg könne solange den Beitrag über «Die Bananenmarktordnung im Lichte der deutschen Grundrechte» studieren, in Anbetracht seines Wissensstandes zu diesem Thema sei ihm das dringend zu empfehlen.

Lichtenberg habe gehorsam genickt und sei in diesem Moment natürlich sicher gewesen, daß er versagt habe und die Besprechung der Teilhaber vor der Tür nur zu dem Ergebnis führen könne, daß er für den Job nicht der Geeignete sei.

Aufgeregt und in dem beschämenden Bewußtsein der vollkommenen Zwecklosigkeit seines Tuns habe er angefangen, den Artikel über die «Bananenmarktordnung» zu lesen, ohne auch nur ein Wort davon zu begreifen. Wieder und wieder habe er versucht, wenigstens den Inhalt des ersten Absatzes aufzunehmen, was ihm aber nicht gelungen sei, denn er habe allein darauf gewartet, daß die Teilhaber mit überheblichen, selbstgewissen Gesichtern hereinkommen würden, um ihm eine Absage zu erteilen.

Doch sie seien über eine Viertelstunde lang nicht herein- und er nicht über den ersten Absatz hinausgekommen, eine Viertelstunde lang nicht. Man mache sich keinen Begriff von der Dauer einer Viertelstunde, bevor man in seinem Leben nicht in einer solchen Situation gewesen sei, sagte Lichtenberg.

Dann aber habe sich die Tür geöffnet und herein seien die Teilhaber gekommen, mit überheblichen und selbstgewissen Gesichtern, um ihm mitzuteilen, daß er sofort anfangen könne.

Er sei von diesem Ergebnis der Besprechung komplett überrascht gewesen und habe alle Mühe gehabt, die Fassung zu bewahren. Natürlich sei er so erleichtert und begeistert gewesen, daß er vor Dankbarkeit beinahe unterwürfig geworden wäre, wenn ihm die Teilhaber nicht signalisiert hätten, daß er das nun nicht mehr sein müsse.

Sie hätten zu ihm gesagt: «Herr Lichtenberg, wir haben uns für Sie entschieden – wie ernst Sie es meinen, werden Sie uns durch Ihren Einsatz hinter dem Schreibtisch zeigen, nicht durch Lippenbekenntnisse.»

Solchermaßen beschämt, habe er geschwiegen.

Obwohl oder gerade weil er der Jüngste in dem Büro gewesen sei – zweifellos, wie er glaube, auch der Begabteste und bald sicher auch der Erfolgreichste –, hätten sich vom ersten Tag an alle anderen gegen ihn zusammengetan. Niemand habe an seiner Kündigung gearbeitet, niemand versucht, ihm ein Bein zu stellen – dafür sei er zu neu gewesen, aber alle hätten sich darin gefallen, ihn schon bei der kleinsten Unaufmerksamkeit seinerseits an den sogenannten Ernst des Lebens zu erinnern. Er habe jeder ihn betreffenden Maßregel und jedem Hinweis stets die denkbar größte Beachtung beschenkt, denn nichts sei auf Dauer unerträglicher als die Vorstellung oder gar die Gewißheit, Fehler zu machen – und wären es auch nur die geringsten. Im übrigen aber seien sie ein sogenanntes großes Team gewesen, eine große Familie sogar, wie gelegentlich der eine oder andere Kollege in verwundert selbstgefälligem Ton anläßlich des einen oder anderen Umtrunks im Casino des Büros von sich gegeben habe. Das sei selbstverständlich vollkommener Quatsch gewesen, aber es habe ihm, Lichtenberg, gefallen, daß sie alle, wie sie da in ihren winzigen Büros gesessen seien und sich vierzehn bis achtzehn Stunden am Tag ohne Rücksicht gegen sich selbst und andere durch das Dickicht ihrer Akten gekämpft hätten, schließlich doch nicht ohne eine kleine Illusion von Menschlichkeit hätten fortleben wollen und also ausgerechnet ihre natürlichen und deshalb ärgsten Feinde in ihren Nebenzimmern zu ihrer Familie erklärt hätten. An eben jener Stelle habe das Reich der Intrige seine Pforten geöffnet – sein, Lichtenbergs Reich, wie er sagte.

Durch das Büro, dessen Herzstück aus einem langen Gang bestanden habe, von dem links und rechts die winzigen Zimmer, keines größer als zehn Quadratmeter, abgegangen seien, sei der Seniorchef gestrichen, dem Lichtenberg bei seiner Einstellung gar nicht vorgestellt worden sei. Bei ihrer ersten Begegnung habe er Lichtenberg kurz und streng die Hand gegeben und geäußert, er, Lichtenberg, könne sich jederzeit an ihn, den Seniorchef, wenden, wenn er glaube, es handle sich um eine Sache von Wichtigkeit. Der Seniorchef sei ihm vorgekommen wie eine alte Raubkatze, die in dem Bewußtsein, nicht mehr über die Kräfte ihrer Jugend zu verfügen, in allen ihren Bewegungen eine bestechende Ökonomie entwickelt habe. Nichts Überflüssiges habe er gesagt oder getan, seinen Blick mit größter Sorgfalt immer nur auf sein nächstes Ziel gerichtet, in aller Ruhe, aber unbeirrbar, weswegen ihm nichts, was sich im Büro ereignet habe, je entgangen sei.

Lichtenberg sei eines dieser Kabäuschen zugeteilt worden, das sich alsbald mit unzähligen Akten gefüllt habe, die durch ihn zu bearbeiten gewesen seien. Seine Büroeinrichtung habe aus einem kleinen Schreibtisch nebst Stuhl, einer blütenlosen Zimmerpflanze und einem Wandregal zur Ablage der Akten bestanden, auf dem Schreibtisch seien die wichtigsten Utensilien gestanden, Telefon und Diktiergerät.

Im Zimmer links neben ihm sei ein gewisser von Lavigne gesessen, der ihn schon bei der ersten Begegnung sofort ausgesucht unhöflich geschnitten habe. Im Falle des Zusammentreffens mit Lichtenberg auf dem Gang zum Beispiel habe er Lichtenberg so lange angesehen, bis dieser gegrüßt habe, um sich dann, ohne zu erwidern, abzuwenden, als sei da gar niemand gewesen. Im Zimmer rechts neben ihm habe ein gewisser Burger gearbeitet, ein anhänglicher Mensch mit der Angewohnheit, jedem in seiner Umgebung binnen weniger Minuten seine sämtlichen Probleme zu verzapfen, vermutlich in der irrigen Annahme, sie dadurch loswerden zu können.

Burger habe Lichtenberg erzählt, von Lavigne habe ein relativ schwaches Examen abgelegt und verfüge über nicht allzu tiefe Fachkenntnisse, aber er bringe gute Umsätze, er selbst habe ausgezeichnete Examensnoten vorzuweisen, komme aber niemals auf so gute Zahlen wie von Lavigne, was vermutlich damit zusammenhinge, daß er, Burger, überall dort Probleme erkenne, wo der ahnungslose von Lavigne längst eine – wenn auch falsche – Entscheidung getroffen habe, die am Ende aber sicher nicht weniger Geld einbringe.

Als der Seniorchef einige Wochen nach Lichtenbergs Arbeitsbeginn zu ihm ins Zimmer gekommen sei, um zu fragen, wie er sich eingelebt habe, habe Lichtenberg die Gelegenheit genutzt, ihm zu erzählen, daß er Burger für einen guten Fachmann halte, der bei komplizierten Fällen oft tagelang über Detailproblemen sitze, ohne sich sofort zu einer – möglicherweise falschen – Lösung durchzuringen, was angesichts des Renommees, das die Bearbeitung solcher Fälle bringe, verständlich sei, wenngleich der Umsatz darunter leide. Bei von Lavigne hingegen, so sehe es Lichtenberg, sei zu bewundern, wie er ohne Furcht vor Fehlentscheidungen kostenbewußt den Umsatz fördere, was ihm infolge seines weniger wissenschaftlichen Temperaments auch leichter falle als Burger. Freilich blieben von Lavigne häufiger entscheidende Umstände und Probleme der Fälle, die er bearbeite, verborgen, aber seinen Examensleistungen nach zu urteilen, könne etwas anderes von ihm auch nicht erwartet werden.

Der Seniorchef habe genickt, und in den folgenden Wochen seien Lichtenberg die einträglichsten Fälle von Lavignes und die schwierigsten Burgers übertragen worden, wodurch Lichtenbergs Umsatz und Ansehen binnen kürzestem derart gestiegen seien, daß ihm schon bald eine Teilhaberschaft in Aussicht gestellt worden sei.

Kurz und gut, Burger habe es noch geschafft, sich als letztes Glied in der Kette eine Position zu sichern, die ihm infolge ihrer Inferiorität niemand mehr habe streitig machen wollen, immerhin sei es ihm aber gelungen, seinen Arbeitsplatz zu behaupten, während von Lavigne eines Tages, heimgesucht von heftigsten Spasmen, unter den Aktenbergen auf seinem Schreibtisch zusammengebrochen sei, als ihm die Teilhaber – nicht zum erstenmal – einen grauenvollen Fehler nachgewiesen hätten, der das Büro Hunderttausende gekostet habe, weswegen ihm von seinem direkten Vorgesetzten die außerordentliche Kündigung ausgesprochen worden sei.

Die Kollegen hätten gebrüllt vor Lachen.

In Lichtenbergs Zimmer sei der Stuhl gegen einen Sessel ausgetauscht worden, in den er sich mit dem größten Vergnügen zurückgelehnt habe. Mit geschlossenen Augen habe er dem Heulen der Hyänen in den Nebenzimmern gelauscht.

Lächerlich, habe er gedacht, absolut lächerlich, alles lächerlich und doch so gefährlich und so gemein, daß man den Tod zu fürchten habe, der in diesen Büros wüte, wie nirgendwo sonst: Infarkte, Schlaganfälle, Nervenzusammenbrüche hätten hier ihre Heimat.

Er, Lichtenberg, könne von Glück reden, habe er gedacht, daß er zu jenen gehöre, die für Schicksalsschläge sorgten, ohne selbst welche zu erleiden. Er habe sich geschworen, daß dies so bleiben würde.

XII.

Befragt, wie die Familie seine Tätigkeit in dem Büro aufgenommen habe, erklärte Lichtenberg, das Geld, das er verdient habe, sei zu Hause in Empfang genommen worden wie längst überfällige Reparationsleistungen. Der Umstand aber, daß er unter der Woche früh morgens das Haus verlassen habe, um erst spät abends zurückzukehren, und auch am Wochenende oftmals für lange Stunden im Büro gewesen sei, sei als Beweis dafür genommen worden, daß er abtrünnig geworden und nicht wirklich am Wohl seiner Familie interessiert sei.

Was seine Frau ihm nur in Andeutungen und gelegentlichen Unmutsäußerungen zu verstehen gegeben habe, habe seine Schwiegermutter in der ihr eigenen, offenen Art bei jeder Gelegenheit lauthals als seinen Verrat gebrandmarkt.

Einzig seine Schwägerin Olga habe sich Lichtenberg gegenüber uneingeschränkt begeistert von seiner Tätigkeit in dem Büro gezeigt. Seit er sie kennengelernt habe, sei Olga, so Lichtenberg, wohlmeinend hinter ihrer Schwester Lisa zurückgetreten, wenngleich, das gebe er zu, es von Beginn an eine Art Spannung zwischen ihm und Olga gegeben habe, ebenso wie zwischen ihm und Lisa, doch während er sich sofort für Lisa entschieden habe und ihm dies als geradezu zwangsläufig erschienen sei, habe er es stets für ganz und gar unmöglich gehalten, daß er sich für Olga entscheide oder daß sonst irgend etwas zwischen ihnen geschehe. Es sei schwierig, das richtig zu erklären, denn es habe zwar immer etwas zwischen Olga und ihm gegeben, was aber niemals wirklich geworden sei. Wenn er es recht bedenke, seien es über die Jahre bis zum Beginn seiner Berufstätigkeit nicht mehr als Blicke gewesen, die sie getauscht hätten, gelegentlich, ohne Absicht, aber sie hätten ihn ahnen lassen, daß noch etwas zu klären sei zwischen ihnen, daß sie sich noch begegnen würden.

Es sei eine Farce, wenn jetzt behauptet werde, Olga sei seine Geliebte gewesen. Olga sei seine Freundin geworden, das räume er ein, allerdings nicht in der schlüpfrigen Weise, wie ihm das jetzt wohl gerne von allen Seiten unterstellt werde, sondern auf eine, wie er zugebe, Art, für die es keine Konventionen gebe.

Dies sei der Grund, warum ihm jetzt sicher nicht abgenommen werde, daß er niemals ein Verhältnis mit Olga gehabt, sondern immer nur eine Freundschaft mit ihr gepflegt habe, die sich zugegebenermaßen vertieft habe, als er mit seiner Arbeit im Büro begonnen habe.

Es gebe kein Gesetz, das einem verbiete, sich mit seiner Schwägerin zum Mittagessen zu verabreden und diese Verabredung zu wiederholen. Jetzt werde darin letztlich ein weiterer Beweis dafür gesehen, daß er seine Schwiegermutter umgebracht habe, was in jeder Hinsicht purer Unfug sei.

Es habe damit begonnen, daß er sich eines Vormittags im Büro über eine im Grunde unerhebliche Kleinigkeit geärgert habe, nichts Bedeutendes, ein Kollege habe versucht, ihm ein Bein zu stellen, er, Lichtenberg, habe es rechtzeitig bemerkt und dafür gesorgt, daß der Kollege selbst gestolpert sei, aber allein die böse Absicht habe ihm die Stimmung verdorben. Da gerade ein wenig Zeit gewesen sei, habe er zu Hause angerufen, um Lisa die Episode zu erzählen, doch nicht Lisa, sondern Olga sei überraschenderweise ans Telefon gegangen.

«Ist Lisa zu sprechen», habe er sie gefragt, und sie habe geantwortet:

«Lisa ist mit den Kindern draußen und hat euer Telefon auf meinen Apparat umgestellt, kann ich ihr was ausrichten?»

«Nein, nein», habe er gesagt und sei kurz davor gewesen, das Gespräch zu beenden, doch irgendwie, er wisse gar nicht mehr wie, habe sich eine Unterhaltung zwischen ihnen ergeben, und er habe Olga die Episode aus dem Büro erzählt. Es habe ihm Spaß gemacht, das Olga zu erzählen, und er habe festgestellt, daß er es ihr gegenüber in einer viel beredteren und witzigeren Art getan habe, als er es Lisa gegenüber getan hätte.

Lisa gegenüber sei er bei solchen Geschichten regelmäßig in nörgelnde Selbstrechtfertigung verfallen, denn sie habe ihm nichts geglaubt, was er gesagt habe. Habe er beispielsweise behauptet, ein Kollege habe versucht, ihm ein Bein zu stellen, habe sie dies bezweifelt, was sie nicht ausdrücklich geäußert, aber durch ihre nachforschenden, skeptischen Fragen, was genau geschehen sei, doch hinreichend klargemacht habe. Also sei er Lisa gegenüber regelmäßig gezwungen gewesen, besonderes Gewicht auf die Glaubwürdigkeit und Folgerichtigkeit seiner Erzählung legen zu müssen, was deren Leichtigkeit und Witz natürlich so geschadet habe, daß Lisa meinte, am Ende darauf hinweisen zu können, wieder einmal habe ihr Lichtenberg eine Geschichte allein in der Absicht erzählt, sich vor ihr interessant zu machen und sich in das denkbar beste Licht zu rücken.

In der Tat müsse es für Lisa so ausgesehen haben, obwohl es nicht so gedacht gewesen sei, und nur ihr Mißtrauen gegen ihn und seine Geschichte habe dazu geführt, daß es so gekommen sei. Darum habe er seine Anrufe bei Lisa, mit denen er ihr, einfach um zu plaudern, irgendwelche Nichtigkeiten aus dem Büro mitgeteilt habe, regelmäßig bereut.

Olga hingegen habe herzlich gelacht, als er ihr beschrieben habe, mit welcher Finte sein Kollege versucht habe, ihm, Lichtenberg, ein Bein zu stellen, und wie er dem durch einen geschickten Konter zuvorgekommen sei, der ihn aus diesem kleinen Scharmützel eindeutig als Sieger habe hervorgehen lassen. Sie habe seinen Bericht mit verschiedentlichen kurzen Ausrufen der Überraschung und Bewunderung begleitet, die ihn ermutigt hätten, seiner Erzählung noch das eine oder andere Detail hinzuzufügen.

Er habe den Hörer aufgelegt in dem beruhigenden Gefühl, Olga auf wirklich charmante Art beeindruckt zu haben, und es sei ihm klar gewesen, daß er die Geschichte Lisa nun gar nicht mehr zu erzählen bräuchte, weil er sie bereits auf so angenehme und erfrischende Weise losgeworden sei.

Ein oder zwei Wochen später habe er Olga wieder angerufen, diesmal ganz gezielt, nicht Lisa, die an jenem Tag mit ihrer Mutter in der Stadt gewesen sei, um Besorgungen zu machen, was er gewußt habe. Olga sei ein wenig überrascht gewesen, doch habe sie schnell begriffen, daß er nicht Lisa, sondern sie sprechen wolle, es sei darüber nicht geredet worden, vielmehr habe er sich beeilt, Olga irgendeine lustige Geschichte zu erzählen. Sie hätten das Gespräch nach einer Weile mit einer Verabredung zum Mittagessen in einem Café in der Maximilianstraße für den kommenden Tag beendet. Als er aufgelegt habe, sei er sich Lisa gegenüber nicht wie ein Betrüger vorgekommen, wenngleich er sich habe sicher sein können, daß Olga ihr von dieser Verabredung nichts erzählen werde, ebensowenig wie er selbst. Lisa, da sei er sich sicher, hätte diese Verabredung ganz und gar falsch verstanden, aber er habe sich für Olga allein deshalb interessiert, weil sie ihm zugehört habe, nicht etwa, weil er seine Frau mit ihr habe betrügen wollen.

Er habe niemanden gehabt, der ihm zugehört hätte, sein Vater schon lange nicht mehr, wenn er ihm überhaupt je zugehört habe. Sein Vater sei immer nur der Meinung gewesen, er, Lichtenberg, werde «das alles schon richtig machen», und bevor Lichtenberg eine Frage oder einen Satz an seinen Vater habe richten können, sei von diesem bereits zu hören gewesen, sein Sohn werde «das alles schon richtig machen». Mit Lisa habe er nicht mehr reden können, seitdem diese wieder unter den Einfluß ihrer Mutter geraten sei, letztere habe bewußt und gewollt ihre Ehe unterminiert, indem sie Lisa zu ihrer Verbündeten gegen ihn gemacht habe. Am allerwenigsten habe er freilich zu erwarten gehabt, daß er an seinem Arbeitsplatz jemanden finden werde, mit dem er hätte sprechen können, dort habe es nur lächelnde, gutgelaunte Todfeinde gegeben, die niederzuhalten sein einziges sie betreffendes Interesse habe sein dürfen. Freunde habe er weder besessen, noch hätte er Zeit für sie gehabt.

So sei es nicht mehr und nicht weniger als ein Gesprächswunsch gewesen, der ihn zu seiner Verabredung mit Olga gebracht habe, und er müsse sagen, daß Olga für diesen sehr empfänglich gewesen sei, was ihn auch im nachhinein nicht verwundere, weil sie einsam gewesen sei. Ihre Mutter habe eindeutig Lisa den Vorzug gegeben und ihre ganze Energie darauf verschwendet, sie gegen ihn aufzuhetzen, so daß ihr für Olga kaum noch Zeit und Kraft übriggeblieben sei.

Zwar habe sie selbstverständlich auch Olga niedergehalten und gezwungen, bei ihr in Solln zu leben, aber eine über die Familienverpflichtung hinausgehende Begründung hierfür habe sie ihr nicht gegeben. Olga habe wohl ab und zu, wie man sage, flüchtige Männerbekanntschaften gehabt, aber darüber wisse er nichts Genaueres, und das sei ihm auch gleichgültig, wie es ihm immer gleichgültig gewesen sei.

Ihm sei Olga von Anfang an als eine hochintelligente

Frau aufgefallen, deren Talente Gefahr gelaufen seien zu verkümmern, woran ihre Mutter erheblichen Anteil gehabt habe, weil sie all diese Talente ebensowenig geduldet habe wie jene Lisas, die zu retten er sich ja zu seiner Aufgabe gemacht habe.

Also sei es ihm nur logisch erschienen, nun, da sich die Gelegenheit dazu geboten habe, auch Olgas Talente zu retten, wenngleich er dies natürlich nicht so gesagt habe, weil sie dies als Anmaßung hätte empfinden können und ihm, wie bereits erörtert, vor allem anderen daran gelegen habe, mit Olga zu sprechen.

Sie hätten sich in dem Café in der Maximilianstraße am folgenden Mittag getroffen, und es sei vom ersten Augenblick an ein freudiges und ganz unbeschwertes Treffen gewesen, bei dem weder Lisa noch seine Ehe mit ihr, noch seine Schwiegermutter auch nur die geringste Rolle gespielt hätten, darüber sei überhaupt nicht gesprochen worden, und er habe daran auch wirklich keine Sekunde lang gedacht. Erst später sei ihm klargeworden, daß er durch Olga bei jenem Treffen und auch später an seine ersten Begegnungen mit Lisa erinnert worden sei, weswegen es ihn irgendwie romantisch berührt habe, ohne daß er dies genauer festmachen habe können, als sie ihm im Café gegenübergesessen sei. Freilich habe er Gefallen an ihr gefunden, aber das sei, wie gesagt, nichts Neues gewesen, denn gefallen habe sie ihm schon immer, ohne daß dies je irgend etwas bedeutet hätte. Im übrigen sei wirklich nichts dabei, seine Schwägerin zum Mittagessen in der Stadt zu treffen, das müsse jeder zugeben, und wenn es als anstößig gelten solle, daß er sich mit ihr nicht nur über Belanglosigkeiten, sondern über wichtige persönliche und geschäftliche Dinge unterhalten habe, mache das nicht ihn unmöglich, sondern die, die so dächten.

Er habe Olga in dem Café in der Maximilianstraße, wie man sage, sein Herz ausgeschüttet, das gebe er zu.

Was die Einsamkeit betreffe, so habe er zu Olga gesagt, sei er sich so wenig sicher, wie bei kaum einer anderen Empfindung, das beim Namen zu nennen, was man gemeinhin unter diesen Begriff fasse. Wie die anderen von einem selbst Besitz ergriffen, ohne jemals wirklich für einen dazusein, das vergegenwärtige ihm persönlich die Einsamkeit. Freilich würde ihm auf Nachfrage bestätigt werden, ja, das verstehe man allgemein unter Einsamkeit oder könne es zumindest verstehen, aber sicher, das gleiche zu meinen wie die anderen, sei er keineswegs. Denn wenn er von einigen höre, sie kämen mit ihrer Einsamkeit gut zurecht oder pflegten diese sogar als Lebensform, könne er das nicht begreifen, da ihm persönlich die Einsamkeit noch stets als die unanfechtbare vollständige Widerlegung seiner gesamten Person erschienen sei und damit als ein Zustand, mit dem er sich unmöglich abfinden, geschweige denn anfreunden könne, wolle er sich selbst nicht komplett aufgeben.

Als kleiner Junge, etwa neun oder zehn Jahre alt, habe er eine Phantasie entwickelt, die seinen Begriff der Einsamkeit versinnbildliche, jedenfalls glaube er das, wenngleich er sich nicht auf Traumdeutung verstehe und er ihre Anwendung für fragwürdig halte. Dennoch glaube er, habe er sich diese Vorstellung halb zusammengeträumt und halb erfunden, um sich die Einsamkeit zu erklären, auf unerträgliche Weise allerdings.

Er habe sich vorgestellt, unter lauter Außerirdischen als einziger Mensch auf der Erde zu existieren. Zwar seien die Außerirdischen in menschlicher Gestalt vor ihn hingetreten – sie seien sichtlich in der Lage gewesen, Menschen in Aussehen und Verhalten perfekt zu imitieren –, tatsächlich seien es aber keine gewesen. Manchmal, wenn sie um eine Ecke gebogen seien, hätten sie einen Sekundenbruchteil lang für ihn sichtbar ihre eigentliche, außerirdische Form angenommen, dunkel und groß. Er habe sich ausgemalt, wie sämtliche Räume seines Vaterhauses jeweils sich in Schalt- und Kommandozentralen verwandeln würden, wenn er sie verlasse, und nur immer das Zimmer, in dem er sich gerade befinde, wie ein Zimmer eines gewöhnlichen Wohnhauses aussehe, in den anderen aber die Außerirdischen auf Hunderten von Bildschirmen ihn, Carl Lichtenberg, in allen seinen Regungen bis ins kleinste studiert hätten.

Oft und oft habe Lichtenberg sich die bange Frage gestellt, ob sie seine Gedanken würden lesen können, sei aus ihnen aber nicht recht schlau geworden, wenn sie ihm – dann natürlich erneut in Menschengestalt und so als wüßten sie von nichts – wieder gegenübergetreten seien.

Seit einiger Zeit, so habe Lichtenberg Olga erklärt, falle ihm diese Phantasie wieder öfter ein, wenn er an zu Hause denke, wo er von allen mit der gleichen lauernden Feindseligkeit betrachtet werde wie im Büro, was natürlich niemals jemand zugeben würde. Aber es sei ein Faktum, daß überall versucht werde, ihn niederzudrücken, mit einem kalten und absolut bösartigen Lächeln auf den Lippen, und nicht nur, ihn niederzudrücken, sondern sogar, ihn zu vernichten.

Im Büro, zum Beispiel, müßten sie sich dabei keine Sorgen machen, daß er etwa kündigen könne, denn sie bezahlten ihm sehr viel Geld, an das er sich schnell gewöhnt habe. Er sei ihnen ausgeliefert, ihnen und ihren Versuchen, ihn zu erniedrigen. Zu Hause könne er noch viel weniger kündigen, habe er mit bitterem Lächeln zu Olga gesagt, das wolle er auch gar nicht, denn er liebe seine Frau und seine Kinder, kein Zweifel. Mit der Erfindung des Glücks, so Lichtenberg zu Olga, habe sich die Menschheit selbst das allerschlimmste Unglück zugefügt. Die Eltern verhießen es ihren Kindern, die Geliebten ihren Liebhabern und die Ehegatten ihren Ehegatten, stets in der besten Absicht und stets mit den verheerendsten Folgen. Irgendeinen Ort auf der Welt suche er, der Sicherheit gewähre. Er sei einmal an einem solchen Ort gewesen, vermute er, so Lichtenberg zu Olga, denn woher sonst kenne er die Empfindung, die er im Verlauf seines Lebens auf immer entsetzlichere Weise vermißt habe und am heutigen Tage so sehr vermisse, daß er endlich den Glauben verloren habe, diesen Ort noch jemals zu erreichen, nicht einmal im Tod, denn der gesuchte Ort sei das Leben, welches der Tod, nach dem ebenso dummen wie wahren Sprichwort, bekanntlich koste.

Ein einziges Mal noch aber wolle er, Lichtenberg, versuchen, sich einen solchen Ort selbst zu schaffen, wenngleich er wenig Hoffnung habe, daß es ihm gelingen werde, doch wolle er dies nicht alleine unternehmen.

Olga, so habe er ihr eröffnet, sei die erste, der er mitteile, was er vorhabe, nämlich den Erwerb einer geheimen Stadtwohnung in Nymphenburg, direkt am Kanal, sechs Zimmer, zweihundert Quadratmeter luxussanierter Altbau mit offenem Kamin, drei Balkons und allem Pipapo, er habe ein Angebot auf dem Tisch liegen und brauche damit nur noch zum Notar gehen, koste alles zusammen nur eine Million.

Olga habe ihn schon sehr überrascht, vor allem aber ratlos angesehen, denn ihr sei durchaus nicht klar gewesen, was sie mit dieser Wohnung zu schaffen haben solle, doch Lichtenberg habe sie beruhigt, er wolle ihr keine merkwürdigen Angebote machen, sondern ihr nur sagen, daß er wegmüsse von zu Hause und nur deshalb eine so große Wohnung wähle, weil er die Hoffnung habe, Lisa und die Kinder eines Tages mitnehmen zu können. Solange Lisa aber um jeden Preis bei ihrer Mutter in Solln bleiben wolle und er bei ihr tagtäglich an Einfluß verlöre, sei daran nicht zu denken, und schon die bloße Äußerung seiner Absicht, eine solche Wohnung kaufen zu wollen, würde, wie sie, Olga, sich unschwer denken könne, einen fürchterlichen Entrüstungssturm auslösen, den er sich keineswegs wünschen könne. Nichtsdestoweniger meine er es ernst mit der Nymphenburger Wohnung, und er werde auf die eine oder andere Art dafür sorgen, daß er mit Lisa und seinen Kindern dort einziehe.

Bis dahin aber – wann dies sein werde, wisse er nicht genau – habe er vor, die Wohnung als sein Refugium zu benutzen und auszuprobieren, ob sie der Ort sein könne, an dem er Ruhe finde. Sie, Olga, wolle er bitten, ihm dabei behilflich zu sein, indem sie sich mit ihm dort treffe, um in der unbeschwerten Weise miteinander zu sprechen, wie sie das auch jetzt täten, habe er zu ihr gesagt.

Olga sei verlegen und unsicher und wenig begeistert von dem allem gewesen, dennoch hätten sie sich aber noch gut über seine Nymphenburger Wohnungspläne unterhalten, sagte Lichtenberg.

Und obwohl ihm Olga eindringlich abgeraten habe, diese Wohnung zu kaufen, sei er sich ganz sicher gewesen, daß Olga nichts sehnlicher gewünscht habe, als daß er sie kaufe. Also habe er es getan und sei noch in derselben Woche zum Notar gegangen und habe den Kaufvertrag unterschrieben über die Nymphenburger Wohnung für nur eine Million. Lisa oder gar seiner Schwiegermutter habe er davon nichts gesagt, und auch von Olga hätten sie es nicht erfahren. Er habe die gesamte Wohnung durch ein erstklassiges Einrichtungshaus gestalten lassen, alles sei nach Abschluß der Arbeiten bereit gewesen für den Einzug von Lisa und den beiden Kindern. Bei der Einrichtung der Kinderzimmer und von Lisas persönlichem Zimmer seien deren jeweilige geschmackliche Vorlieben en detail berücksichtigt worden, er, Lichtenberg, habe durch entsprechende Anweisungen dafür gesorgt.

Nachdem alles fertig gewesen sei, habe er Olga eingeladen, die Wohnung mit ihm zusammen zu besichtigen, und ihr dabei und zu ihrer Überraschung eröffnet, daß er auch für sie ein eigenes Zimmer, ganz nach ihren persönlichen Vorstellungen und Wünschen, soweit sie ihm bekannt gewesen seien, habe einrichten lassen.

Olga habe diesen Umstand befremdlich gefunden, wie sie zunächst gesagt habe, dann aber eingeräumt, daß ihr das Zimmer gut gefalle, er gebe zu, so Lichtenberg, damals hätte er sie gerne geküßt, dazu sei es aber nicht gekommen, denn er habe sich zurückgehalten, um Olga nicht als seine Vertraute zu verlieren, denn als solche sei sie für ihn ungleich wichtiger gewesen denn als Gegenstand seiner Begehrlichkeit.

Er habe sich regelmäßig mit Olga in dieser Wohnung getroffen, mindestens einmal wöchentlich, und nichts sei zwischen ihnen geschehen, was es rechtfertigen würde, von einer Affäre zu sprechen.

Sie hätten sich getroffen, um sich für einige Stunden aus einer Welt zu verabschieden, die sie beide – jeden auf seine Weise – unausgesetzt angegriffen habe. Wie wenig sich die Welt darum gekümmert habe, sei schon daran zu ermessen, daß Olga und er immer gleichzeitig im Sollner Anwesen abwesend gewesen seien, ohne daß dies je irgendwelches Aufsehen erregt habe.

Er begreife nicht, warum sich jetzt alle Welt über eine zugegebenermaßen unkonventionelle Freundschaft empöre, die sie vorher kein Stück interessiert habe, und auch jetzt interessiere sie nicht wirklich diese Freundschaft, sondern ihre schlüpfrige Phantasie davon, was diese Freundschaft tatsächlich gewesen sei. Er, Lichtenberg, könne daraus nur schließen, daß offenbar der, der einer bestimmten Tat verdächtigt werde, sich für alles zu rechtfertigen habe, was er in seinem Leben getan habe, sei es richtig oder falsch, schön oder häßlich, gewöhnlich oder ungewöhnlich gewesen.

Wenn er zu erwarten habe, daß der Beurteilung seiner Person ein solcher Begriff von Gerechtigkeit zugrunde gelegt werde, könne er nichts anderes erwarten, als daß die Höchststrafe gegen ihn verhängt werde, denn den Vorwurf, Konventionen geringgeachtet zu habe, müsse er uneingeschränkt gegen sich gelten lassen, um Konventionen habe er sich nie geschert, was im übrigen der Grund dafür gewesen sei, daß er es so weit gebracht habe in dieser Gesellschaft, die ihn jetzt verurteilen wolle.

XIII.

BEFRAGT, ob seine Frau bemerkt habe, daß er sich durch den Kauf der Wohnung in Nymphenburg in weitreichende finanzielle Verpflichtungen begeben habe, verneinte Lichtenberg mit dem Hinweis, so etwas falle auch der gewitztesten Ehefrau erst auf, wenn ihr Mann entweder nervös werde oder seinen Lebensstil ohne sichtbaren Grund einschränke. Beides sei bei ihm nicht der Fall gewesen, im Gegenteil habe der Wohnungskauf euphorische Zustände in ihm ausgelöst, wie er sie seit seiner Flucht mit Lisa nicht erlebt habe.

Finanzielle Verpflichtungen seien ihm geradezu willkommen gewesen, auch in dieser Größenordnung, denn er sei sich stets gewiß gewesen, daß er das Geld, das er benötigte, sie zu erfüllen, verdiene und deshalb auch verdienen werde. Er habe ja ein stattliches Einkommen aus seiner Tätigkeit im Büro bezogen, das in absehbarer Zeit mehr habe werden müssen, nachdem es ihm gelungen sei, einen Konkurrenten nach dem anderen wenn nicht auszuschalten, so doch zu überholen. Unaufhaltsam sei er auf der Gehaltsliste des Büros nach oben gerutscht und habe zunehmend Gefallen daran gefunden, das verdiente Geld hinauszuwerfen, mit großer Geste, denn Geld müsse man schlecht behandeln, lieblos, habe er gedacht, nur dann käme es stets in Demut zu einem zurück.

Wer keine Furcht habe, so denke er noch heute, sein Geld aufs Spiel zu setzen und es möglicherweise zu verlieren, dem könne nichts geschehen, der werde immer welches haben – in Einzelfällen könne es freilich auch anders verlaufen. Das Geld habe eine Seele, und es sei machtgierig. Wenn es seinem Besitzer gleichgültig sei, kehre es zu ihm zurück wie eine Hure zu ihrem Zuhälter, obwohl er sie schlage. Erst wenn man es brauche, wenn man hinter ihm her sei, nach ihm lechze, rinne einem das Geld durch die Finger wie Sand, entzöge sich und erlange derart Macht über einen.

Das Geld, das man nicht habe, sei das, was einen beherrsche, das, was man habe, könne man nur beherrschen, indem man es ausgebe, dies sei paradox genug.

Mit vollen Händen habe er sein frisch verdientes Geld Woche um Woche in die Maximilianstraße und in die Theatinerstraße, in die Residenzstraße, in die Sendlinger Straße und in die Brienner Straße in die feinsten dort ansässigen Geschäfte getragen, um es in dem sicheren Wissen, nächste Woche wieder genausoviel davon verdient zu haben, abzuliefern gegen allererste Ware.

Die allererste Ware erhalte man, das stehe fest, in der Maximilianstraße, dort seien in der Tat beinahe ausschließlich ordentliche Geschäfte mit ansprechendem Angebot zu finden. Freilich sei das Publikum, das sich in dieser Straße herumtreibe, anders als in ähnlichen Straßen anderer Städte auf der Welt wie zum Beispiel New York, Paris oder London, ein durch und durch provinzielles, das für jeden Prunk und Protz zu haben und ohne jede Vorstellung davon sei, was es mit dem Wort Stil auf sich habe.

Ein zur Maximilianstraßenklientel gehörender Mann werde sich beispielsweise ohne jede Rücksicht auf irgendwelchen Geschmack, wenn er sich Schuhe kaufe, solche aus argentinischem Pferdeleder oder australischem Känguruhleder kaufen, und sie würden nicht einfarbig, sondern mindestens zweifarbig – etwa beige und weiß – sein müssen. Kaufe er sich eine Hose, werde das immer eine karierte Hose sein, etwa gemustert wie ein schottisches Plaid, aber greller und aus feinstem und von möglichst weit her importiertem Tuch. Dazu kaufe er sich ein Herrenhemd, das selbstverständlich auch zweifarbig sei, nämlich kräftig königsblau bis auf den strahlend weißen Kragen. Der Kragen habe natürlich keine Ecken, sondern sei dort rund, wo normalerweise die Ecken seien, und diese Rundungen würden von einem glänzend goldenen Kettchen zusammengehalten, dessen gut sichtbare Enden jeweils von einem Brillanten geziert würden, die sein Besitzer laut und spaßig «Brillis» nenne. Weiter kaufe er sich eine Krawatte aus Brokat, und zwar so breit, daß ausladende Barockornamente, wie sie ansonsten in Kirchengewölben zu bestaunen seien, sämtlich darauf Platz fänden. Dazu komme das Jackett aus bestem Kaschmir, schokoladenbraun, zweireihig, mit Revers bis zu den Schultern, einem buschigen Einstecktuch von gleichem Stoff wie die Krawatte und dicken goldenen Knöpfen mit Relief darauf, gekreuzte Golfschläger darstellend. Nicht zu vergessen sei schließlich die Krawattennadel aus Sterlingsilber, auch sie in der Form eines Golfschlägers, dessen Griff durch Perlmutt veredelt sei. So wandle dieser Mann in seinen späten Fünfzigern mit seiner solariumgebräunten Halbglatze, seinem diese umkränzenden lockigen Silberhaar und seinem Handy auf der Maximilianstraße, nehme bei schönem Wetter in einem Straßencafé Platz, um dort weithin vernehmlich hohe Zahlen in sein portables Telefon zu brüllen und zu warten, bis seine Frau daherkomme, wenn er Pech habe in seinem Alter, im knallroten Kostüm, verziert mit schwarzen Borten, deren Färbung der ihrer Haare entspreche, mit großen rechteckigen Einkaufstaschen, die die Namenszüge sämtlicher Maximilianstraßengeschäfte trügen, und sie sähe ihn aus großen kalten nach dem vierten Lifting starr gewordenen Augen an, und dieser Blick bedeute gar nichts außer «mehr, mehr, mehr».

Ihm, Lichtenberg, so sagte er, seien diese Menschen immer ein Dorn im Auge gewesen, nicht, weil er sie etwa um ihren Reichtum beneide, o nein, dafür habe er selbst von Kindheit an zuviel Geld gehabt, sondern weil sie ein Verhältnis zu ihrem Reichtum hätten, das ihm schon als Kind albern erschienen wäre, hätte er sie damals beobachten können.

Als Kind habe er aber nur reiche Menschen kennengelernt, die ihren Reichtum verborgen hätten, denn nur mit solchen sei sein Vater verkehrt. Dabei halte er, Lichtenberg, es gar nicht für verwerflich, wenn jemand seinen Reichtum zur Schau stelle, das habe er ja selbst gerne getan, es komme aber – und zwar entscheidend – auf die Art an, in der man dies tue. Die Maximilianstraßenklientel glaube, reich sein und Geld haben sei das gleiche, das sei ihr fataler Irrtum.

Jemand, der einen Haufen Geld habe und ihn ausgebe, mache nicht umsonst eine lächerliche Figur. Das Geld treibe seinen Spaß mit ihm und setze ihm eine goldene Narrenkappe auf. Sie aber dächten, die Verachtung, die ihnen entgegenschlüge, wäre Neid und brüsteten sich, sie hätten sich ihr Geld verdient.

Richtig verstanden habe aber nur derjenige sein Geld verdient, der es auszugeben wisse, ohne sich dabei zum Idioten zu machen. Die Maximilianstraßenklientel denke, sie müsse sich nur mit den teuersten Tüchern und den klobigsten Klunkern behängen, die ältesten Weine saufen, die dicksten Autos fahren und die fernsten Länder bereisen und schon sei ihr Reichtum für jedermann ersichtlich.

Grundfalsch sei das, denn der Reichtum verlange im Unterschied zum Geldhaben, was all jene eben nicht hätten, nämlich Stil. Erst Stil mache aus einem Bonzen einen reichen Mann, der imstande sei, sein Geld so einzusetzen, daß es sein Ansehen und seinen Einfluß fördere. Er spreche nicht von öffentlichem Ansehen und politischem Einfluß, sondern von Ansehen und Einfluß in einem ganz unmittelbaren Sinn. Jemand, der beispielsweise wisse, wie er sich teuer kleiden könne, ohne damit sonderlich aufzufallen, und es sich leisten könne, leise aufzutreten, weil ihm gewiß Gehör geschenkt werde, genieße von vornherein höheres Ansehen und mehr Einfluß als einer, der – wie ein Weihnachtsbaum behängt – große Zahlen in sein Handy brülle.

Er, Lichtenberg, so sagte er, sei immer von Männern begeistert gewesen, die große Geschäfte gemacht hätten, ohne dabei in Erscheinung zu treten. Auf ihren Reichtum zu verweisen, würden sie anderen überlassen, und wenn sie sich zeigten, täten sie dies in majestätischer Bescheidenheit. Wer wirklich reich sei, müsse nicht andauernd mit einer Faust voll Geldscheinen winken, um es zu beweisen. Von diesem Wissen sei er geleitet worden, als er sich in der Maximilianstraße seine Anzüge habe schneidern lassen, dunkelgraue Anzüge aus bestem Stoff, doch schlicht geschnitten, einreihig mit schmalen Revers, ohne Besonderheiten, ebenso die Schuhe, klassische Budapester, ganz und gar unauffällig, vom besten Schuhmacher handgefertigt.

Hemden und Krawatten habe er nach dem gleichen Prinzip ausgewählt und damit größten Erfolg erzielt, zählbaren Erfolg, nämlich bei den Banken, die er so ausgestattet aufgesucht habe. Sei seine Kleidung ohne weiteres durch sein Gehalt zu finanzieren gewesen, habe es sich mit der Nymphenburger Wohnung freilich anders verhalten, und nicht nur mit der Nymphenburger Wohnung, sondern auch mit seiner Limousine, dem Auto für seine Frau, der aufwendigen Einrichtung in der Wohnung in Solln, die Lisa von ihm gefordert habe, jetzt, da er endlich Geld verdiene.

Vier Banken habe er aufgesucht und bei allen vieren sich zunächst nach Anlagemöglichkeiten erkundigt, woraufhin ihm die gewünschten Kredite förmlich aufgedrängt worden seien. Bei seinen finanziellen Verhältnissen sei das alles überhaupt kein Problem, hätten die jeweiligen für ihn zuständigen Anlageberater gesagt, ohne sich weiter sonderlich für seine finanziellen Verhältnisse zu interessieren, nachdem er ihnen nachgewiesen habe, was er in seinem Büro verdiene. Niemand habe ihn je danach gefragt, ob er noch Verbindlichkeiten bei anderen Banken gehabt habe, von jeder Bank sei er behandelt worden, als stehe er nur bei ihr in der Kreide, und bald sei sein Kreditrahmen viermal so groß gewesen, wie er nach seinem Gehalt hätte sein dürfen.

Wer einen Kreditrahmen eingeräumt bekomme, der schöpfe ihn früher oder später auch aus, sagte Lichtenberg.

Zuerst habe er sich natürlich vorgenommen, kein Risiko einzugehen und nur die Kredite in Anspruch zu nehmen, die er für die Einrichtung in Solln und die Autos und die Nymphenburger Wohnung benötigt habe, aber die laufend zu bezahlenden Zins- und Tilgungsraten hätten sein monatliches Gehalt so verringert, daß ihm, wie er sagte, jeder persönliche Spielraum genommen worden sei, den er gebraucht hätte, um, wie er sagte, seine persönliche Freiheit aufrechtzuerhalten.

Also sei er auf den Gedanken gekommen, weitere Kredite in Anspruch zu nehmen, die ihm ja schon bewilligt worden seien. Das möge vielleicht zunächst paradox klingen, denn nunmehr habe er ja noch höhere Zins- und Tilgungsraten zu bezahlen gehabt, aber es sei nicht paradox gewesen, denn er habe sich vorgenommen, die zusätzlich in Anspruch genommenen Kredite so anzulegen, daß sie Zinsen in einer Höhe abwerfen würden, die reichten, sämtliche Zins- und Tilgungsraten zu bezahlen, die insgesamt und überhaupt anfielen.

Fürs erste habe er freilich notgedrungen jeweils mit dem einen Kredit der einen Bank die Raten der Kredite bei den jeweils anderen Banken wenigstens teilweise und abwechselnd bezahlt, um sie, die Banken, immer abwechselnd, je nachdem, wo die Unruhe gerade am größten gewesen sei, zu beruhigen, aber lange sei das natürlich nicht durchzuhalten gewesen.

Außergewöhnliche Anlagemöglichkeiten, die wirklich außergewöhnliche Ergebnisse erwarten ließen, finde man nicht an jeder Straßenecke, habe er gedacht, sei sich aber ganz sicher gewesen, daß sich solche bald finden lassen würden, wenn er nur Augen und Ohren offenhielte.

Wenn man ein finanzielles Risiko eingehe und dieses sich verwirkliche, gebe es immer genug Leute, die einen hinterher fragten, wie man sich darauf habe einlassen können, bei diesem finanziellen Risiko, und die sich für besonders gescheit hielten, weil sie dächten, man selbst habe dieses finanzielle Risiko nicht gesehen. Dabei habe man es selbstverständlich gesehen, und hätte es sich nicht verwirklicht, sondern wäre die riskante Anlage gutgegangen, hätten sich eben diese Schlaumeier als die ärgsten Neider überhaupt herausgestellt und dafür plädiert, solche Anlagemöglichkeiten überhaupt zu verbieten, denn sie selbst seien ja zu feige, auch nur eine müde Mark ins Geschäft zu stecken, während er, ohne mit der Wimper zu zucken und am Ende geradezu wollüstig, sein gesamtes Vermögen und auch das Geld seiner vier Banken samt und sonders sozusagen in Rauch habe aufgehen lassen.

Er könne sich bestens an jenen Samstagvormittag erinnern, an dem ihn Trautwein das erste Mal angerufen habe, Nicolas Trautwein, Geschäftsführer der Trautwein Consulting GmbH, so habe er sich vorgestellt.

Lichtenberg habe sich aus den seidenen Kissen in seinem Designerehebett – das Lisas Idee gewesen sei – gewühlt, nachdem sie sich geweigert habe, ans Telefon zu gehen, und Trautwein sei am Apparat gewesen.

«Was wollen Sie?» habe Lichtenberg ihn unfreundlich gefragt. «Wer hat Ihnen meine Nummer gegeben?»

«Oh, ich habe Ihre Nummer von Ihrem Kollegen Burger», habe Trautwein geantwortet.

Trautwein habe Lichtenberg erklärt, er führe ein erstklassiges Vermögensberatungsunternehmen und arbeite ausschließlich auf Empfehlung – und die Tatsache, daß er immer wieder empfohlen werde, zeige ihm, daß seine Arbeit gut sei.

Lichtenberg habe gesagt, bei ihm gebe es nichts anzulegen, aber Trautwein habe nicht lockergelassen.

«Hören Sie», habe er gesagt, «ich bin ein seriöser Geschäftsmann, ich will Ihnen nichts andrehen, ich will Ihnen überhaupt nichts verkaufen – ich will Sie auf eine Chance hinweisen, auf eine Gelegenheit aufmerksam machen und – da gebe ich Ihnen recht – mit Ihnen zusammen daran verdienen, daß Sie sie wahrnehmen.»

«Also, um was geht es?» habe Lichtenberg gefragt, und seine Ungeduld sei bereits von Neugier durchsetzt gewesen.

«Um Börsentermingeschäfte», habe Trautwein langsam und mit einer gewissen Feierlichkeit in der Stimme wissen lassen. «Ich vermittle Börsentermingeschäfte. Wie Sie wissen, ist es Ihnen als Privatmann nicht ohne weiteres möglich, solche Geschäfte zu tätigen. Sie brauchen einen Broker, und ich habe einen – nicht hier in Deutschland, nein, direkt an der Wall Street, es ist ein eingeführtes Broker-Unternehmen dort, die Second Commercial Business Group. Ich vermittle Ihnen dort ein Konto und führe die Verhandlungen mit den Brokern – in engster Abstimmung mit Ihnen natürlich.»

«Natürlich», habe Lichtenberg gesagt.

«Was wir für Sie tun, ist folgendes: Im Grunde schließen wir Kurswetten für Sie ab. Waren werden an der Börse zu einem stets schwankenden Kurswert gehandelt, und wir wetten darauf, daß sie an einem bestimmten, in der Zukunft liegenden Termin zu dem Kurs, auf den wir uns festgelegt haben, mit Gewinn gekauft oder verkauft werden. Statt ‹wir schließen Wetten ab› könnte ich auch sagen, ‹wir kaufen Optionen›, aber ich will Ihnen nichts vormachen: Das Geschäft ist riskant, wenngleich ich sagen darf, daß noch keiner meiner Kunden unter dem Strich je Geld verloren hat. Im Gegenteil – Renditen von fünfundzwanzig Prozent sind keine Seltenheit bei uns.»

Lichtenberg habe geschwiegen und mit einem Ohr dem sanften Rauschen in der Leitung gelauscht, das nach Trautweins Rede entstanden sei, mit dem anderen seiner Frau Lisa, die im Bett auffällig mit den Kissen geraschelt habe, wohl um seinen Verdacht zu zerstreuen, sie versuche herauszubekommen, mit wem er telefoniere.

Er habe sich nicht für dumm verkaufen lassen wollen; sie habe immer versucht herauszufinden, mit wem er telefoniere.

«Ich lasse mich doch nicht für dumm verkaufen», habe er Trautwein geantwortet.

Der habe Bestürzung geäußert, beteuert, das liege ihm durchaus fern, er wolle ihm ein gutes Geschäft vermitteln, an dem sie gemeinsam verdienen könnten, wenn nur er, Lichtenberg, sich richtig entscheiden wolle.

«Ich mache nur Geschäfte mit Leuten, die ich kenne», sei Lichtenberg hart geblieben.

Sie hätten sich geeinigt, daß Trautwein ihm einige Informationsmaterialien zusenden würde und Lichtenberg sich noch mal alles durch den Kopf gehen lassen würde.

Nachdem er eingehängt habe, sei er unsicher gewesen – Trautwein, so habe er gedacht, sei möglicherweise kein Betrüger, aber sicher auch keine Leuchte. Andererseits habe er, Lichtenberg, noch nie in Börsentermingeschäften angelegt, wisse also nicht aus eigener Erfahrung, ob dort etwas zu holen sei oder nicht. Vielleicht sei dies genau die außergewöhnliche Anlagemöglichkeit, nach der er suche.

Lisa sei aus dem Bett gekommen und habe ihm, der noch in Gedanken vor dem Telefontischchen gestanden sei, von hinten die Arme um den Körper geschlungen und ihre Wange an seinen Rücken gedrückt.

«Mit wem hast du telefoniert?» habe sie gefragt.

«Mit einem Anlagefuzzy, den mir Burger auf den Hals gehetzt hat.»

«Was für Anlagen?»

«Börsentermingeschäfte.»

«Hast du so etwas schon mal gemacht?»

«Noch nie.»

«Probier's doch mal», habe sie gesagt und sich achselzuckend von ihm gelöst, um wieder ins Bett zu gehen.

Er sei ihr gefolgt und habe ihr, neben ihr liegend und etwas gereizt, vorgerechnet, wie im Augenblick seine monatlichen Einkünfte von etlichen Zahlungsverpflichtungen aufgezehrt würden, bevor er auch nur eine Mark in die Finger bekäme. Von der Nymphenburger Wohnung habe er dabei natürlich nichts gesagt, sondern einige nicht nachprüfbare Rechnungsposten dazuerfunden – angeblich notwendige Versicherungen und so weiter.

«Du redest wie ein kleiner Angestellter», habe ihn Lisa verhöhnt und ihm klargemacht, daß er, der selbst aus begüterten Verhältnissen stamme, in ebensolche hineingeheiratet habe und nicht zuletzt über ein stattliches Einkommen verfüge, ihr gegenüber doch wohl nicht ernsthaft behaupten wolle, er befinde sich in Geldschwierigkeiten.

«Eben das will ich sagen!» hätte er ehrlicherweise erwidern müssen, so Lichtenberg, und habe es nicht getan, was sich als verhängnisvoll herausgestellt habe, denn Lisa habe nicht begriffen, daß er sich, umgeben vom größten Luxus, tatsächlich in Geldschwierigkeiten befunden habe.

Zwar sei er, wie sie gesagt habe, aus begüterten Verhältnissen gekommen und habe wieder, wie sie gesagt habe, in solche hineingeheiratet, aber ihm habe nie ein Pfennig von dem gehört, was diese begüterten Verhältnisse erst möglich gemacht habe, nämlich zuerst das Geld seines Vaters und später das Geld seiner Schwiegermutter. Er habe an diesen begüterten Verhältnissen immer nur durch andere partizipiert und habe niemals eigenen Einfluß darauf gehabt, denn nie sei nennenswertes Vermögen in seinen persönlichen Besitz gelangt.

Lisa sei dies vollkommen entgangen, wie ihr vollkommen entgangen sei, daß sie zeitlebens unter der Fuchtel ihrer Mutter gestanden habe. Aus diesem Grund allein seien ihr die begüterten Verhältnisse ihrer Mutter immer als ihre eigenen erschienen, eine Auffassung, die allerdings grob falsch gewesen sei, ebenso wie die, er, Lichtenberg, sei Herr über die begüterten Verhältnisse, aus denen er stamme.

Tatsache sei natürlich, daß diese begüterten Verhältnisse immer nur als Zuchtmittel für ihn und Lisa zur Verfügung gestanden hätten, denn mehr oder weniger unausgesprochen habe es immer geheißen: «Sieh her, dies alles steht zu deiner Verfügung, so lange du uns folgst.»

Ausschließlich um den Preis der Gefolgschaft sei ihnen, jederzeit widerruflich, ein Anteil an den begüterten Verhältnissen gewährt worden, niemals jedoch zur eigenen Verfügung, und er müsse sich vorwerfen, dies erkannt und dennoch keine Konsequenzen daraus gezogen zu haben.

Zu bequem sei es gewesen, zu verlockend, sich einlullen zu lassen durch begüterte Verhältnisse, anstatt darauf zu pfeifen und eigene Wege zu gehen. Und selbst gelegentliche Ausbruchversuche hätten allein den Effekt gehabt, daß man sich hinterher nur um so vorbehaltloser auf die begüterten Verhältnisse eingelassen habe, die nichts anderes dargestellt hätten, als jenen berühmten goldenen Käfig, in dem Lisa und er buchstäblich gelebt hätten.

Dies alles hätte er Lisa an dieser Stelle des Gesprächs sagen müssen, so Lichtenberg, dies alles sei von ihm schon viel zu lange verschwiegen worden, und doch habe er es nicht fertiggebracht, nunmehr damit herauszurücken, auf die Gefahr hin allerdings, mit Lisa in den größtmöglichen Streit zu geraten, denn es sei ihm nur zu klar gewesen, daß Lisa nie und nimmer die begüterten Verhältnisse verlassen hätte, in denen sie gelebt habe, weil sie nicht habe begreifen wollen, daß sie das Mittel ihrer Mutter seien, sie in Abhängigkeit zu halten. Er hätte letztlich in Kauf nehmen müssen, Lisa zu verlieren, hätte er dies auf ihre Frage entgegnet, und also habe er sich enschieden – ohne Überlegung und, wie man sage, aus der Situation heraus –, ein verlogenes und miserabel geschauspielertes Milliardärslachen als Antwort zu geben, und hinterhergeschickt, daß er sich mitnichten in Geldschwierigkeiten befinde und auch nicht rede wie ein kleiner Angestellter, sondern vielmehr darüber nachdenke, ob nicht die Zeit gekommen sei, sein Geld anders anzulegen als ein kleiner Angestellter, Geschäfte zu machen, die wirklich Profit abwürfen, mit maßgeblichen Beträgen an der Börse zu spekulieren, wirklich dickes Geld zu machen und so fort.

Lisa habe sich an ihn geschmiegt und ihm zugehört, wie er ihr mit zwingender Folgerichtigkeit vorgerechnet habe, wie sich ihr bald vorhandener Reichtum in kurzer Zeit so sehr vermehren würde, daß sie Ausgaben in ganz anderen Größenordnungen planen könnten und auch nicht ausgeschlossen sei, daß sie sich – beispielsweise – eine Wohnung in der Stadt – beispielsweise in Nymphenburg – kaufen könnten, als Kapitalanlage beispielsweise.

«Eine sehr gute Idee», habe Lisa gefunden und habe sich noch enger an ihn gekuschelt, und er habe fürs erste überhaupt nicht das Gefühl gehabt, irgendeinen Fehler gemacht zu haben.

XIV.

BEFRAGT, wann sich Trautwein wieder bei ihm gemeldet habe, antwortete Lichtenberg, am Tag darauf, dem Sonntag, wieder vormittags, und er, Lichtenberg, sei stocksauer, wieder im Schlafanzug, zum Telefon gerannt.

«Ah, Herr Lichtenberg, hier Trautwein, gut, daß ich Sie direkt in der Leitung habe, ich dachte, ich sei es Ihnen schuldig, Ihnen mehr Informationen zukommen zu lassen, als Sie in unseren Informationsbroschüren werden finden können, außerdem habe ich Nachricht aus New York erhalten, daß die in Chicago demnächst voll in die Schweinebäuche gehen, das ist ein ausgezeichneter Tip und ein Trend, der so jung ist, daß er selbst noch nicht weiß, daß es ihn gibt.»

Lichtenberg habe gute Lust gehabt, einfach aufzulegen, aber er habe an sein Gespräch mit Lisa vom Vortag gedacht und es nicht getan.

«Sprechen Sie!» habe er in dem bedrohlichsten Tonfall, der ihm möglich gewesen sei, gesagt.

«Ich will Ihnen nichts aufschwatzen, Herr Lichtenberg, ganz ehrlich, ich habe viele Kunden, denen ich dieses Geschäft anbieten könnte, aber ich komme damit zu Ihnen, ich habe das Gefühl, bei uns beiden stimmt die Chemie. Ich rate Ihnen, wir sollten zusammen in die Schweinebäuche gehen – wenn wir da jetzt reingehen, sehe ich Gewinnchancen bis zu zweihundert Prozent.»

«Warum sollten wir das tun?» habe Lichtenberg kalt gefragt.

«Die New Yorker haben es mir gesagt, Herr Lichtenberg, die New Yorker sind absolute Profis auf diesem Gebiet, und sie haben es von den Chicagoern, die kennen sich, was Schweinebäuche angeht, aus wie niemand sonst auf der Welt, ein falscher Tip kam da noch nie aus der Leitung, und ich weiß, Herr Lichtenberg, Sie sind ein harter Brocken, Sie wollen Qualität sehen, also komme ich mit dieser Sache zu Ihnen.»

«Was würden Sie mir also raten?» habe Lichtenberg, noch immer reserviert, gefragt.

«Hören Sie, Herr Lichtenberg, ich will Ihnen nichts vormachen, ich mache dieses Geschäft wenn, dann für uns beide. Wir sitzen beide im selben Boot: Gewinnen Sie, gewinne ich, verlieren Sie, verliere ich. Ehrlich: Ich kann Verlierer nicht ausstehen. Und ich bin, Gott sei Dank, ein schlechter Verlierer. Ich würde Ihnen kein Geschäft anbieten, bei dem ich draufzahlen würde, das dürfen Sie mir glauben. Ich biete Ihnen ein Geschäft an, weil ich gewinnen will. Und ich kann nur gewinnen, wenn Sie gewinnen. Steigen Sie ein, Herr Lichtenberg.»

Lichtenberg habe geschwiegen und wie am Vortag mit einem Ohr dem sanften Rauschen nach Trautweins Rede in der Leitung gelauscht, mit dem anderen Lisas auffälligem Rascheln mit der Bettdecke.

Lisas Bettdeckenrascheln habe diesmal bedeutet: «Tu es!» – also habe er es getan.

«Mit wieviel soll ich einsteigen?» habe er geantwortet.

«Ich wußte, Sie würden mitmachen!» habe Trautwein gejubelt. «Gehen Sie mit allem rein, was Sie frei haben, kann ich Ihnen nur raten, sehen Sie mich an, ich selbst setze mein gesamtes Vermögen, und ich bin kein Spieler – ich bin mir meiner Sache sicher.»

Lichtenberg habe mit einem Test beginnen wollen.

«Ich überweise Ihnen Zehntausend», habe er gesagt, «machen Sie damit, was Sie für richtig halten.»

«Dieser Betrag ist nichts anderes als ein Mißtrauensvotum», habe Trautwein gemurrt, «aber ich werde Ihnen auch damit zeigen, daß ich keine leeren Versprechungen mache. Sobald das Geld überwiesen ist, werde ich New York beauftragen. Die Sache ist geritzt.»

Lichtenberg habe eingehängt und ein Ziehen in der Brust verspürt, das ihn am Atmen gehindert habe – eine Empfindung, die ihn immer überkomme, wenn er glaube, eine falsche Entscheidung getroffen zu haben.

Lisa habe ihn zu sich ins Bett gerufen und gefragt, wer dran gewesen sei, und er habe ihr alles erzählt.

«Eine kleine Geschichte», habe er gesagt, «gerade gut genug, um herauszubekommen, ob dieser Trautwein wirklich etwas auf dem Kasten hat. Sind zehntausend Mark weg, dann sind sie eben weg.»

Dann habe er das Thema gewechselt, er habe geglaubt, Lisa habe ihn sehr souverän gefunden und sich weiter nicht sonderlich für die Sache interessiert, was ihm natürlich nur recht gewesen sei. Gewinne er Geld, könne er Eindruck bei ihr machen, verliere er welches, werde davon weiter keine Rede sein, habe er gedacht, sagte Lichtenberg.

Am nächsten Tag sei er morgens bei Burger im Büro aufgetaucht und habe ihn scharf befragt, ob er einem gewissen Trautwein seine Privatnummer gegeben habe. Burger habe geschworen, nichts von irgendeinem Trautwein zu wissen.

Lichtenberg habe so getan, als wolle er ihm glauben, obwohl er ihm mißtraut habe, eigentlich sei es ihm aber egal gewesen, denn ihn habe mittlerweile allein interessiert, ob Trautwein aus zehntausend Mark mehr machen könne.

Gleich nach dem Gespräch mit Burger habe er eine seiner vier Hausbanken beauftragt, aus einem der ihm zur Verfügung stehenden Kredite Zehntausend auf Trautweins Konto zu überweisen.

Nachdem dieser das Geld erhalten habe, sei postwendend die Auftragsbestätigung im Briefkasten von Lichtenbergs Nymphenburger Wohnung gelegen.

Lichtenberg habe Trautwein angewiesen, sämtliche Korrespondenz über diese Adresse abzuwickeln, denn er habe Lisa von vornherein keinen Einblick in die Einzelheiten der Sache gewähren wollen, da ihn sein schlechtes Gefühl deswegen keineswegs verlassen habe.

Kurzum, schon nach wenigen Tagen sei er von Trautwein im Büro angerufen worden.

«Hallo, Herr Lichtenberg, hier Trautwein, ich habe eine Überraschung für Sie.»

Lichtenberg habe erwidert: «Lassen Sie mich raten –

die Zehntausend sind flöten, aber Sie haben einen todsicheren neuen Anlagetip für mich?»

Trautwein habe übertrieben gelacht.

«Herr Lichtenberg, wie gesagt, ich habe Ihre Zehntausend schlicht als Mißtrauensvotum aufgefaßt. Falls Sie sie abgeschrieben haben – nehmen Sie sie wieder in ihre Rechnung mit auf. Ebenso wie die knapp Fünftausend Gewinn, die wir für Sie gemacht haben. Immerhin eine Rendite von fast fünfzig Prozent. Und was kann ich Ihnen sonst noch bieten – Sie haben neue Anlagemöglichkeiten angesprochen. Natürlich habe ich die: Zins calls, penny stocks, junk bonds, Dollaroptionen, alles Dinge, mit denen man schnell und viel Geld machen kann – wenn man die richtigen Informationen hat.»

Lichtenberg sei überrascht gewesen, gefreut habe er sich aber nicht. Was seien schon fünftausend Mark. Andererseits habe er Trautwein eine gewisse Geschicklichkeit wohl nicht länger absprechen können.

Was er vorschlage, habe er deshalb von ihm wissen wollen.

Trautwein sei in einen unerwartet forschen Ton verfallen: «Ich mache das hier nicht aus Jux und Tollerei, Herr Lichtenberg. Sie sollten aufhören, mich für einen Trickbetrüger zu halten, der sich an Ihnen bereichern will. Ich bin ein seriöser Geschäftsmann, der sein Geld mit der Vermittlung von professionellen Anlagen ehrlich verdient. Meine zehn Prozent Provision für Ihren ersten kleinen Deal decken mir – wenn überhaupt – meine Unkosten. Ich darf Sie also in aller Form bitten, Herr Lichtenberg – wenn Sie an einer ernsthaften Geschäftsbeziehung mit mir nicht interessiert sind, lassen Sie es mich wissen.»

Lichtenberg habe sich zurückgelehnt, eine Weile gewartet und dann gefragt: «Was wäre denn, Ihrer geschätzten Meinung nach, Herr Trautwein, eine angemessene Summe?»

«Hundertfünfzigtausend, Herr Lichtenberg», habe Trautwein ohne zu zögern und eiskalt geantwortet.

Lichtenberg gebe zu, das habe ihn schwach gemacht. Was für eine schmierige Kreatur, dieser Trautwein, und doch, nicht ohne Mut. Was soll ich tun, habe er sich gefragt, das Geld in den Ofen schieben oder es diesem Trautwein geben? Er habe sich Bedenkzeit ausgebeten, Trautwein sie abfällig gewährt.

Ein paar Tage und Nächte habe er sich gequält, ohne zu einem Ergebnis zu kommen. Schließlich habe er seine vier Hausbanken abgeklappert und unter Einsatz all seiner Überredungskünste den dortigen Anlageberatern das Geld zehntausendmarkweise buchstäblich aus dem Kreuz geleiert, bis er die Hundertfünfzigtausend zusammengehabt habe. Es sei klar gewesen, daß jetzt nur noch ein Volltreffer habe helfen können.

Halb betäubt von Zweifeln, habe er Trautwein das Geld überwiesen, natürlich in der Hoffnung, daß Trautwein alles richtig und aus den Hundertfünfzigtausend Zweihundertfünfzigtausend machen werde, denn schließlich seien Rechnungen zu bezahlen gewesen, die verdammten Kredite, Lisa, die Kinder, Olga, die Nymphenburger Wohnung, sämtliche anderen kleineren und größeren Attribute seines im Werden begriffenen höchstpersönlichen Reichtums.

Ja, habe er gedacht, der feine Herr Trautwein werde seine Sache gut machen müssen, sehr gut; um genau zu sein, sei es sogar notwendig, daß Trautwein eine absolute Spitzenleistung erbringe, damit er, Lichtenberg, vor dem baldigen Bankrott bewahrt werde.

Nach wenigen Tagen, kaum einer Woche, sei Trautwein wieder am Telefon gewesen, und er, Lichtenberg, sei ihm sofort ganz zuckersüß und überfreundlich gekommen und habe, als Trautweins etwas gepreßte Stimme zu hören gewesen sei, ein beträchtliches Kribbeln im Hintern gespürt, in Erwartung der unaussprechlichen, grauenvollen Botschaft, «daß wir uns in einem Engpaß befinden» – doch habe er sich geirrt.

Klar und hell sei Trautwein, nachdem er sich geräuspert habe, fortgefahren: «Herr Lichtenberg, Ihre Sterne stehen günstig, hier ist Ihr Meister der puts and calls. Sie sind ein reicher Mann.»

Lichtenberg habe sofort seine Fassung wiedergefunden und erwidert: «Das war ich schon, bevor ich Sie kannte.»

«Na gut, dann sind Sie eben jetzt ein noch reicherer Mann, ich habe Ihnen nichts versprochen, was die Hundertfünfzigtausend angeht, aber ich hätte Ihnen einiges versprechen können, wenn ich mir das Ergebnis so ansehe. Ich bin ein seriöser Geschäftsmann, Herr Lichtenberg, es liegt mir nicht, Ihnen Gewinne zu versprechen, für die ich nicht garantieren kann, aber manchmal kommt das Glück dazu, oder, wie ich in aller Bescheidenheit sagen darf, mein sensationeller Riecher!»

«Was ist los?» habe Lichtenberg kalt gefragt.

«Was los ist? Der Geldbriefträger kommt, Herr Lichtenberg! Zweihunderttausend aus Hundertfünfzigtausend in vier Tagen – das ist los! Sie müssen sich nicht bedanken.»

«Das ist gut», habe Lichtenberg, ein wenig freundlicher, geantwortet. «Das ist sogar sehr gut. Wie geht es weiter?»

«Wie es weitergeht, ist klar, Herr Lichtenberg. Ich behalte die Zweihunderttausend, Sie geben mir noch Zweihunderttausend dazu, und ich mache Ihnen die halbe Million voll. – Das ist doch was?!»

Lichtenberg habe geschwiegen. Nochmals Zweihunderttausend, das sei nicht zu machen gewesen, er hätte die Zweihunderttausend von Trautwein gebraucht, um Zins und Tilgung und seine laufenden Kosten bezahlen zu können. Zweihunderttausend. Natürlich sei es nicht in Frage gekommen, ihm zu sagen, er, Lichtenberg, habe das Geld nicht.

«Was würden Sie tun, wenn ich Ihnen weitere Zweihunderttausend gäbe?» habe er streng gefragt.

«Was ich tun würde, fragen Sie? Was für eine Frage! Ich würde tun, was ich mit Ihren Zehntausend gemacht habe, die Sie plus Fünf zurückbekommen haben. Ich würde tun, was ich mit Ihren Hundertfünfzigtausend getan habe, die jetzt plus Fünfzig hier bei mir liegen. Soviel ist sicher.»

Lichtenberg habe angestrengt überlegt, wie er das machen könne, Zweihunderttausend, er habe gefragt: «Bis wann brauchen Sie es?»

«Sofort, so schnell wie möglich.»

«Ich habe mein Geld als Termingeld angelegt, das bekomme ich ohne Zinsverlust so schnell nicht frei. Was wäre der späteste Zeitpunkt?»

«Eine Woche, vielleicht auch zwei, es muß schnell gehen, Herr Lichtenberg.»

«Das ist mir klar. Ich rufe Sie an.»

Ohne eine Antwort abzuwarten, habe Lichtenberg eingehängt. Wie, in Gottes Namen, an Zweihunderttausend herankommen, habe er sich gefragt, zu den Banken habe er nicht gehen wollen, seit er mit den Zinsen in Rückstand geraten sei, nicht zuletzt wegen der Hundertfünfzigtausend, sein Vater sei sowieso nicht in Frage gekommen, der hätte sofort gerochen, was da am Laufen gewesen sei, ebenso wie seine Frau oder Olga, zu keinem von diesen habe er gehen können, ohne das Gesicht zu verlieren.

Also sei nur eine Person in Frage gekommen, eine, die ihn sowieso noch nie für voll genommen habe, so daß er auch keinen Schaden habe anrichten können, wenn er jetzt zu ihr ginge.

Was sei schon dabei, habe sich Lichtenberg gedacht, in einem Akt entwaffnender Selbstverleugnung zu seiner Schwiegermutter zu gehen und sich um den Preis eines Darlehens von Zweihunderttausend demütigen zu lassen. Darauf, habe er gedacht, könne es doch gar nicht mehr ankommen, nachdem er bei seiner Schwiegermutter sowieso von Beginn an absolut untendurch gewesen sei.

«Na, Carl, das ist aber eine seltene Überraschung!» habe sie am Telefon gesagt, als er angerufen habe, um sie – allein, wie er gleich erklärt habe – zum Abendessen in eines der von ihr bevorzugten «ordentlichen Lokale» einzuladen. Verwundert und herablassend zugleich habe sie ihr Einverständnis erklärt, sich noch am gleichen Abend dort mit ihm zu treffen, und so sei es auch geschehen.

Im Franziskaner nämlich hätten sie sich verabredet und seien beide pünktlich um acht dort erschienen, und seine Schwiegermutter habe sich lediglich einen Salat bestellt, um, wie sie gesagt habe, seine Finanzen nicht unnötig zu belasten.

Er hingegen habe nach einer Schlachtschüssel verlangt, die ihm alsbald auch gebracht worden sei, und als er die kochendheiße Leberwurst über dem Kraut angestochen habe, habe sich seine Schwiegermutter angewidert zurückgelehnt und ihn, nachdem sie bisher nur in knappen Worten als Höflichkeiten getarnte kleine Beleidigungen ausgetauscht hätten, gefragt, was dieses Zusammentreffen denn eigentlich solle.

Er, Lichtenberg, so Lichtenberg, habe ihr schlichtweg die ganze Wahrheit erzählt, die Trautweingeschichte betreffend.

Das heißt, er habe ihr erklärt, daß er aufgrund seiner beruflichen Kontakte an diesen Trautwein gelangt sei, der ein absoluter Insider in Termingeschäften sei, eine todsichere Sache. Er habe ihr erzählt, wieviel Geld er mit ihm in wie kurzer Zeit gemacht habe und daß es deshalb nötig sei, jetzt noch mehr Geld zu beschaffen, um noch mehr Geld daraus zu machen. Er habe nicht erwartet, auch nur den geringsten Eindruck mit seiner Trautweingeschichte bei ihr zu machen, sei aber dennoch nervös geworden, als sie, seine Schwiegermutter, nicht die geringste Regung gezeigt, sondern ihn vielmehr ausdruckslos angestarrt habe wie ein Fisch und dabei, ohne ihn aus den Augen zu lassen, an ekelhaft kleinen Stückchen ihres Salats gekaut habe.

Er sei ins Reden gekommen und mehr und mehr in Trautweins abstoßenden Verkäuferjargon verfallen, rettungslos, und habe erst aufgegeben, als ihm nichts weiter mehr eingefallen sei, als seine Schwiegermutter direkt zu fragen, ob sie ihm nicht Zweihunderttausend leihen könne, für eine, längstens zwei Wochen. Das sei der Grund, warum er sich mit ihr habe treffen wollen.

Nachdem er seine Frage gestellt habe, sei Frau Orlow, wie Lichtenberg sie jetzt nannte, kichernd über ihrem Salat zusammengezuckt, und ihr faltiges, zerknittertes Gesicht habe sich unter dem Eindruck seiner Frage für einen Augenblick schlagartig geglättet und einen ausgelassenen, jugendlich unbeschwerten Ausdruck angenommen. Es sei gewesen, so Lichtenberg, als hätten sich in diesem Moment Lisas, Olgas und ihr eigenes Gesicht miteinander vereint.

Gar nichts habe sie erwidert, sondern umhergesehen, als hätte er, Lichtenberg, sich mit einemmal in Luft aufgelöst, und sie habe dem Ober gewinkt und dabei ihren Daumen am Zeigefinger gerieben, um ihm, dem Ober, nicht aber wohl Lichtenberg, zu bedeuten, daß sie zahlen wolle.

«Deine Schlachtschüssel, mein Freund, werde ich dir bezahlen», habe sie gesagt und lachend den Kopf geschüttelt und dabei mehrfach, wie zu sich selbst, wiederholt: «Was für eine Idee!»

Lichtenberg sei, ohne den Ober abzuwarten, aufgestanden und aus dem Franziskaner mehr hinausgerannt als gegangen, er habe sich gefragt, welcher Teufel ihn geritten habe, diese Frau in dieser Sache anzusprechen, die zu begreifen sie doch, wie er hätte wissen müssen, gar nicht imstande sei.

Er sei nach Hause gefahren zu Lisa und habe sich vorgenommen, ihr alles zu erzählen, diesen Vorsatz aber, zu Hause angekommen, wieder fallenlassen, weil ihm klargeworden sei, daß sie ebensowenig begreifen würde, aus welchem Grund er nun Zweihunderttausend brauche. Außerdem sei es ihm zu gefährlich erschienen, Lisa, die nach wie vor davon ausgegangen sei, er schwimme im Geld, einzuweihen, denn dann wäre es unweigerlich dazu gekommen, daß sie auch von der Nymphenburger Wohnung erfahren hätte und am Ende dann auch von ihm und Olga.

Also habe er gar nichts gesagt und sei früh zu Bett gegangen und habe die ganze Nacht nicht geschlafen, sondern an die Zweihunderttausend, seine Schwiegermutter und Trautwein gedacht.

Am nächsten Tag habe er Trautwein vom Büro aus angerufen und ihm gesagt, er habe es sich überlegt, eine Investition von weiteren Zweihunderttausend komme nicht in Frage, Trautwein solle zusehen, aus den bei ihm befindlichen Zweihunderttausend Vierhunderttausend zu machen, dafür habe er, Lichtenberg, ihn, Trautwein, schließlich engagiert, dafür kassiere er seine völlig überhöhte Provision. Trautwein habe ziemlich kühl reagiert.

«Schade, Herr Lichtenberg. Ich dachte, wir hätten uns verstanden», habe er nur gemeint und gesagt, er werde sich bald wieder melden.

Den Rest, so Lichtenberg, könne sich jeder denken, Trautwein habe sich nicht wieder gemeldet, nach einer Woche habe er, Lichtenberg, begonnen, ihm hinterherzutelefonieren, zunächst habe Trautwein ihm noch Rede und Antwort gestanden, das heißt, er habe gesagt, seine Leute in New York und Chicago würden arbeiten, es würde diesmal etwas länger dauern, Lichtenberg brauche sich nicht zu sorgen.

Wieder und wieder habe er Trautwein angerufen, was mit dem Geld sei, er brauche, wenn schon keine Gewinne zu erzielen seien, die Zweihunderttausend sofort.

Die Banken hätten begonnen, sich an seine Fersen zu heften, was er Trautwein allerdings nicht habe wissen lassen und irgendwann auch nicht mehr habe wissen lassen können, denn als er es das letzte Mal bei Trautwein versucht habe, sei nur noch «kein Anschluß unter dieser Nummer» zu hören gewesen, «kein Anschluß unter dieser Nummer». Trautwein habe sich mit den Zweihunderttausend ganz einfach aus dem Staub gemacht, er, Lichtenberg, habe Himmel und Hölle in Bewegung gesetzt, ihn ausfindig zu machen, selbstredend, doch Trautwein sei irgendwann ganz einfach weg gewesen, weg, weg, weg, wie seine Zweihunderttausend.

XV.

BEFRAGT, wie Lichtenberg diesen Schlag verwunden habe, erklärte er, es gebe, wenn man eine Niederlage erlebe, am Ende einen Punkt, an dem man aufhöre, sich zu wehren, und schlicht und einfach alles geschehen lasse, und von da an fühle man sich besser.

Nachdem festgestanden habe, daß Trautwein unauffindbar und Lichtenbergs Zweihunderttausend unwiederbringlich verloren seien, habe er sich aus der tiefsten Niedergeschlagenheit in die größte Unbeschwertheit hineingeredet, indem er sich immer wieder verdeutlicht habe, daß es lange, sehr lange dauern werde, bis ihn seine Gläubiger zu fassen bekämen, denn was einem kleinen Kriecher wie Trautwein gelinge, könne für ihn, Lichtenberg, keine Herausforderung sein, und er habe beschlossen, mit Lisa und den Kindern einen erholsamen Landurlaub in Irland zu verbringen, um dort Golf zu spielen und, wie sie beschlossen hätten, den lieben Gott einen guten Mann sein zu lassen.

Nicht seine, sondern Lisas Idee sei es gewesen, auch Olga zu diesem Urlaub einzuladen, und sie habe dies ohne jede Rücksprache mit ihm vollkommen eigenmächtig in die Wege geleitet und ihn, Lichtenberg, mit der fröhlichen Mitteilung, Olga fahre mit nach Irland, buchstäblich, wie man so sage, vor vollendete Tatsachen gestellt.

Noch bevor die Banken ihm sein Gehaltskonto in Grund und Boden gepfändet hätten, wie er sich ausdrückte, habe er bei einer kleinen Privatbank einen sogenannten Sofortkredit aufgenommen und so dafür gesorgt, daß der Urlaub auch mit Olga zusammen habe stattfinden können, ohne daß Zahlungsschwierigkeiten zu befürchten gewesen seien. Beunruhigt habe ihn freilich die Tatsache, daß Olga und Lisa nun für drei Wochen zusammensein würden und er gezwungen sein würde, die beiden, wo es nur ginge, auseinanderzuhalten, damit Lisa nichts von der Nymphenburger Wohnung erfahre und erst recht nichts von ihm und Olga in der Nymphenburger Wohnung. Selbstverständlich habe er vorgehabt, Lisa eines Tages seine sie und ihn und die Kinder betreffenden Pläne im Hinblick auf die Nymphenburger Wohnung offenzulegen, aber ebenso selbstverständlich nicht im Beisein und unter dem damit verbundenen Druck Olgas.

Wie sie überhaupt auf diesen wahnsinnigen Einfall kommen könne, Olga zu diesem Irlandurlaub einzuladen, habe er sich, aber selbstverständlich nicht sie gefragt, leise Verwunderung sei das Äußerste gewesen, was er sich Lisa gegenüber hinsichtlich der Olga-Einladung erlaubt habe, und schon diese sei mit größter Aufgeregtheit erwidert worden, ob es denn so ungewöhnlich sei, seine Schwester auf eine Urlaubsreise einzuladen, ob ihn etwa das Geld reue oder warum er nachfrage und so fort. Freilich habe er sich sogleich entschuldigt und geschworen, nicht seinetwegen, sondern Lisas wegen habe er sich gewundert, finde es aber natürlich ganz großartig, daß zwischen den beiden Schwestern von Kindheit an ein so inniges Verhältnis bestehe, daß auch im Erwachsenenalter gemeinsame Urlaubsreisen möglich seien.

So hätten ihn die beide Frauen in bester Vorurlaubsstimmung am Münchener Franz-Josef-Strauß-Flughafen links und rechts untergehakt, während die beiden Kinder tobend vor ihnen her gesprungen seien, und er habe sich gefühlt, als werde er abgeführt, seitlich begleitet, wie die Polizisten sagten, tatsächlich sei er aber von den beiden Frauen nicht abgeführt worden, wie er geargwöhnt habe, sondern vorgeführt, nach Strich und Faden, den gesamten Irlandurlaub hindurch, ohne daß ihm eine effektvolle Gegenwehr möglich gewesen sei.

Träfen zwei etwa gleichaltrige Frauen, zumal Schwestern, aufeinander, so Lichtenberg, sei es für Männer immer am günstigsten, einen gewissen Sicherheitsabstand zu wahren, dies gelte um so mehr, wenn man mit einer der beiden Frauen verheiratet sei und zu der anderen ein zugegebenermaßen ungeklärtes Verhältnis habe.

Lisa und Olga, die Kinder und er seien also auf die sogenannte Grüne Insel hinübergeflogen, und nachdem während des Fluges die Frauen ihre volle Aufmerksamkeit den Kindern geschenkt hätten, habe er sich fürs erste nicht weiter um sie gesorgt, sich vielmehr in Gedanken wieder Trautwein zugewandt, dem Trautweinschwein, wie ihm Hunderte Male am Tag durch den Kopf geschossen sei.

Was für eine öde Geschichte sei das gewesen, was für einen faden, trockenen Nachgeschmack aus Entsetzen und Ratlosigkeit habe sie bei ihm zurückgelassen. Nie hätte er Lisa erzählen können, daß er, Lichtenberg, der große Geldsachverständige, seine Zweihunderttausend möglicherweise noch nicht einmal an der Börse in New York oder Chicago verloren habe, sondern möglicherweise dieser Trautwein ganz einfach mit diesen Zweihunderttausend – oder vielleicht auch nur mit den von ihm, Lichtenberg, eingesetzten Hundertfünfzigtausend – durchgebrannt sei.

In Irland angekommen, seien sie nahe dem Shannon Airport, aber selbstverständlich außer Hörweite, im Dromoland Castle abgestiegen, einem erstklassigen Fünf-Sterne-Hotel, wie in ganz Irland überhaupt nur zwei oder drei zu finden seien, denn, das müsse man schon einräumen, Irland sei zwar für seine Gastfreundschaft, nicht aber für seine Hotellerie bekannt, Dromoland Castle jedoch mache Irland auch in letzterer Hinsicht alle Ehre, sehr gepflegt, Spitzenküche, geschultes Personal und, das sei ihm zur Erholung das allerwichtigste gewesen, ein hervorragend gepflegter Achtzehnlochgolfplatz, der mitten in dem großzügigen Schloßgarten angelegt worden sei, phantastisch.

Freilich habe er dies alles immer nur in Phasen genießen können, denn immer wieder sei er, an manchen Tagen, schon mit Trautweingedanken, wie er sie bei sich genannt habe, aufgestanden, und dann habe er es nur unter größter Anspannung seiner Willenskraft durchgehalten, bis zum Lunch nüchtern zu bleiben, so daß – spätestens ab dem frühen Nachmittag – an Golfspiel gar nicht mehr zu denken gewesen sei.

Seine gedrückte Stimmung habe an diesen Tagen beide Frauen, sowohl Lisa als auch Olga, gegen ihn aufgebracht, die ihn mit den Worten aufzumuntern versucht hätten, er solle doch nicht ständig ans Büro denken.

Als er aber ihre Aufmunterung mit dem ärgerlichen Bemerken, er denke ganz und gar nicht ans Büro, in den Wind geschlagen habe, seien die beiden Frauen noch ärgerlicher geworden und hätten ihn aufgefordert, mit ihnen Golf zu spielen. Manchmal sei es ihm gelungen, sich unter dem Vorwand, sich erst umziehen zu müssen, in die Kellerbar zu verziehen, um sich dort kurzfristig golfuntauglich zu saufen, häufiger aber sei er von den beiden Frauen links und rechts seitlich untergehakt zum Golfplatz begleitet worden.

Beim Golfspiel seien Lisa und Olga über sich selbst hinausgewachsen, denn sie hätten es fertiggebracht, sich gleichzeitig um ihn zu streiten und gegen ihn zu verbünden.

Gegenseitig hätten sie einander ihr Mitleid für ihre mißglückten Schläge vorgeheuchelt, so falsch und verlogen, daß es ihn, Lichtenberg, beinahe hätte belustigen können, hätte ihn nicht schon vorher ihrer beider geiferndes Lob getroffen, wenn ihm, was die Regel gewesen sei, ein weiterer außergewöhnlich guter Schlag gelungen sei.

Lisa, so habe er sich gedacht, werde alles tun, um Olga gegen ihn auf ihre Seite zu bringen, gar nicht, weil sie etwa einen Verdacht hege, sondern einfach, weil ihr nach ihrem Orlowschen Wesen etwas anderes nicht möglich gewesen sei. Aus reiner Eigenliebe, nicht etwa aus Treue zu ihm, werde Olga gegenüber Lisa unter allen Umständen dichthalten, denn hänge sie ihn hin, habe er sich gedacht, müsse sie auch sich selbst hinhängen.

Freilich, ganz sicher sei er sich da nicht gewesen, denn vielleicht, so habe er sich gedacht, gehe ihr die Liebe zum Orlowschen Familienmolekül noch über ihre Eigenliebe, vielleicht gebe es irgendwelche biologischen oder stammesgeschichtlichen Triebe, welche sie den Schutz der Orlowschen Sippschaft gegen ihn, den ewigen Eindringling, über ihren eigenen Vorteil stellen ließen, mit dem Ergebnis, daß sie Lisa gegenüber alles ausplaudere, von ihr dafür furchtbar gepeinigt werde, um alsdann gemeinsam gegen den schnell ausgemachten wahren Schuldigen, nämlich ihn, Lichtenberg, wütend loszustürmen. Buchstäblich angst und bange sei ihm bei dieser Vorstellung geworden, denn es könne kaum etwas Fürchterlicheres geben als zwei wildgewordene Schwestern, die infolge einer Reihe von Mißverständnissen völlig zu Unrecht auf einen vereinzelten Mann losgingen.

Doch in seiner Gegenwart hätten sich die Orlowschen

Schwestern darauf beschränkt, sich gegenseitig mehr oder weniger fein zu kränken und ihn weitgehend in Ruhe zu lassen.

Schade sei es, habe beispielsweise Olga zu Lisa nach dem Golfspiel auf der Terrasse von Dromoland Castle in der Abendsonne, mit einem Margarita in der Hand, gesagt, jammerschade, daß er, Carl, so viel arbeiten müsse. Und wenn es in einer – wenngleich noch jungen – Ehe wohl sicher irgendwann den Punkt gebe, ab dem alle Aufgeregtheit – von Liebe wolle sie gar nicht sprechen – nüchterner Routine weiche, man sich gegenseitig also gar nicht mehr vermisse – was ja alles seine Vorteile habe –, dann sei es doch immer noch wegen der Kinder ein Drama, daß ihr Vater so gut wie überhaupt nicht zu Hause sei, man könne den Kindern ja ansehen, daß irgend etwas mit ihnen nicht stimme, Lisa sei da keinerlei Vorwurf zu machen, aber ständig nur von der eigenen Mutter umgeben zu sein, nie vom eigenen Vater, müsse einen schließlich verrückt machen, sie wisse genau, wovon sie spreche.

Lisa habe ihr entgegengehalten, es sei wesentlich besser für die Selbstachtung einer Frau, mit Mitte Dreißig verheiratet und Mutter von zwei Kindern zu sein, als immer noch ohne Maß und Ziel durch fremder Männer Betten zu ziehen, auf der Suche nach der wahren Liebe. Wenn überhaupt, sei die wahre Liebe, so Lisa, sagte Lichtenberg, überall eher zu finden, nur nicht in den Betten fremder Männer – freilich auch nicht in jenen bekannter, das aber sei ein anderes Thema –, jede Frau, die das mit dreißig oder später noch nicht begriffen habe, sei unrettbar verloren und irgendwann so weit, daß sie ihr Herz an verheiratete Männer hänge, die sie ihrerseits über kurz oder lang immer hängenließen, Olga solle sich vorsehen, viele Jahre blieben ihr nicht mehr, dann werde es wohl soweit kommen.

Lichtenberg sei versucht gewesen einzugreifen, aber, lachte er, mehr als ein «Aber ich bitte Sie, meine Damen» sei ihm nicht eingefallen, also habe er sich nicht eingemischt, zumal er ja nach wie vor befürchtet habe, sich dadurch den Zorn beider zuzuziehen.

Olga habe gekontert, es sei schon längst soweit mit ihr, wie ihre Schwester da befürchte, denn sie, Olga, sei bereits mit einem verheirateten Mann liiert.

Lichtenberg habe plötzlich eine dramatische Atemnot verspürt, weiche Knie bekommen und befürchtet, der Länge nach vor den beiden Frauen auf der Terrasse von Dromoland Castle in Ohnmacht zu fallen, da sei Olga fortgefahren, sie sei schon öfter mit verheirateten Männern zusammengewesen und es sei ein plattes Klischee, nach dem bei solchen Verhältnissen immer die ledige Frau das Nachsehen habe, denn gerade zur Zeit betrüge sie den einen verheirateten Ehemann mit einem anderen verheirateten Ehemann und fühle sich bestens dabei. Sie habe breit lächelnd Lichtenberg zugeprostet, der unauffällig an einer Stuhllehne hinter sich Halt gesucht habe.

Lisa sei dem gegenüber nicht müde geworden, die Ehe als Voraussetzung für die geistige und sittliche Weiterentwicklung zu loben, was Olga hohnlachend abgetan, ihm aber schier das letzte bißchen Verstand geraubt habe. Lisa habe ihre These schließlich durch ein Beispiel gekrönt, der Vernehmende, so Lichtenberg, solle raten welches – genau: das Lisas und Lichtenbergs.

Doch Olga habe nichts gesagt, obwohl es doch so leicht für sie gewesen wäre, Lisa und mehr noch ihn jetzt tödlich zu treffen. Aber, so Lichtenberg, Olga habe Lisa nicht tödlich treffen wollen, wenn überhaupt jemanden, dann ihn, Lichtenberg. Und wenn ihr das in dieser gegenwärtigen Situation zwar leicht hätte gelingen können, so sei ihr doch offensichtlich der Preis, die eigene Schwester dabei zu opfern, zu hoch erschienen.

Diesem Umstand allein habe er, wie er glaube, Gnade zu verdanken gehabt, so Lichtenberg, doch habe er sich nicht darauf verlassen wollen, weil Lisas Provokationen Olga möglicherweise doch irgendwann so weit treiben würden, Lisa alles vor die Füße zu werfen oder an den Kopf. Und dabei würde sie, so Lichtenberg, sicher maßlos übertreiben und ein aufregendes, infames Liebesverhältnis aus ihrem eigentlich ja völlig unbedeutenden reinen Gesprächsverhältnis machen. Sie würde sich, so habe sich Lichtenberg ausgemalt, in kürzester Zeit in einen wahren Rausch hineinreden und Lisa schlimmer und schlimmer durch immer neue unwahre Behauptungen kränken und verletzen, um ihn, Lichtenberg, auf die erbärmlichste Weise bloßzustellen. Und je gemeiner sie Lisa und dadurch auch ihn erniedrigen würde, desto grauenhafter würde Lisas Haß gegen ihn werden, und wie Furien würden sie sich am Ende über ihn hermachen, um ihn ganz und gar zu zerfleischen und zu vernichten.

Am Abend dieses Tages sei er schlaflos in seinem Bett gelegen, neben ihm die ruhende Lisa, und er habe gelauscht, ob er Olgas Schritte im Hotelflur höre, denn sie habe das gegenüberliegende Zimmer gehabt.

Was, wenn sie jetzt hereinbräche, Lisa weckte und die beiden sofort gemeinsam das Feuer gegen ihn eröffneten?

Er habe ab und an Schritte gehört, von anderen Hotelgästen, die sein Herz jedesmal beinahe zum Stillstand gebracht hätten. Nicht nur in dieser einen Nacht sei es ihm so ergangen, vielmehr habe sich sein Zustand von Nacht zu Nacht verschlimmert, und während die beiden Frauen Tag für Tag erholter ausgesehen hätten, sei er im Gesicht immer grauer und in seiner Haltung immer gebeugter geworden und habe sich endlich entschlossen, das zu ändern und die beiden Frauen nicht länger ohne Kontrolle zu lassen, bevor er ganz vor die Hunde gehe.

Natürlich sei er selbst nicht in der Lage gewesen, diese Kontrolle, die eine strenge, scharfe, überaus wirksame und unnachsichtige habe sein müssen, selbst auszuüben, seinerseits sei an eine Kontrollausübung ja sowieso überhaupt nicht zu denken gewesen, er habe froh sein müssen, bei den beiden Frauen nicht unter die Räder zu kommen. Er habe schon gewußt, wer allein als die geeignete Kontrollperson für die beiden Frauen hier in Frage komme: natürlich, selbstverständlich, freilich, allein die härteste von allen, Frau Orlow, seine Schwiegermutter!

Allerdings sei es ihm nicht einfach möglich gewesen, seine Schwiegermutter anzurufen und sie nach Irland einzuladen, als nachträgliches Dankeschön für die Trautweinabfuhr, gewissermaßen. Das sei weder mit seinem Stolz noch mit dem ihren zu vereinbaren gewesen, weshalb sie nicht gekommen wäre. Da aber das baldige Kommen der Schwiegermutter, wie er, der Vernehmende, sicher zustimmen werde, absolut notwendig gewesen sei, habe er, Lichtenberg, sich in die Hotelhalle an die Rezeption begeben und ein Telegramm an seine Schwiegermutter in München aufgegeben:

OLGA SCHWER ERKRANKT. KOMME SOFORT.
RUFE NICHT AN.
LEIHWAGEN STEHT AM FLUGHAFEN BEREIT.
LISA.

Dem Rezeptionisten habe er aufgegeben, seine Leute anzuweisen, bloß keinen Anruf von Frau Orlow senior durchzustellen oder auszurufen und ihr am Telefon zu sagen, falls sie sich melde, sie solle unbedingt und schleunigst kommen, hier werde sie alles weitere, was für sie wichtig sei, erfahren. Dann habe er nur noch gehofft und gefiebert, daß sie tatsächlich kommen werde, sei den größten Teil der Zeit geistig abwesend, bei seiner herbeigesehnten Schwiegermutter gewesen und sei den beiden Frauen soweit als möglich aus dem Weg gegangen.

Am dritten Tag des Wartens sei er, wie am vergangenen und auch am vorvergangenen Morgen, nach dem gemeinsam eingenommenen Frühstück allein – sozusagen schwiegermutterseelenallein – auf die Hotelterrasse hinausgegangen, angeblich, um die Witterungsbedingungen für die bevorstehende Golfpartie zu erkunden, in Wirklichkeit aber, um es als erster zu sehen, falls die unter falschem Namen und Vorwand herbeigerufene Schwiegermutter in dem von ihm heimlich angemieteten weißen italienischen Kleinwagen heute endlich die kilometerlange Hoteleinfahrt, zwischen den Golfbahnen hindurch, heraufkomme.

Und am dritten Tag des Wartens sei sie gekommen, wie er es sich vorgestellt habe, in dem von ihm heimlich angemieteten weißen italienischen Kleinwagen, mit deutlich überhöhter Geschwindigkeit, feinen, weißen Staub aufwirbelnd auf der sich durch die Golfbahnen zum Hotel hinschlängelnden Straße.

Wie ein Racheengel, habe Lichtenberg sich gedacht und dabei komplett den Überblick verloren – wen würde Frau Orlow wem gegenüber rächen? Wer würde wem Glauben schenken und wer wen vernichten wollen? Immer näher sei die Schwiegermutter in dem weißen italienischen Kleinwagen gekommen, unaufhaltsam näher, von ihm höchstpersönlich herbeigerufen, was niemand je habe herausbekommen dürfen.

Direkt unterhalb der Terrasse sei sie zum Stehen gekommen und ausgestiegen in einem gänzlich weißen Kostüm und mit einem ihrer unzähligen, in diesem Fall weißen, wagenradgroßen Hüte auf dem Kopf, aus dem ihn zwei winzige Augen stechend scharf und kampflustig fixiert hätten, als sie auf ihn zugeschritten sei.

«Wo ist sie?» habe sie wissen wollen, nichts sonst gesagt oder gefragt, auch ihn nicht begrüßt.

«Oben», habe er geantwortet, und Frau Orlow sei an ihm vorbei ins Hotel marschiert, um Olga aufzusuchen. Er habe sich draußen einen Platz gesucht und sein Gesicht in seinen Händen vergraben, eine Vorahnung von Verzweiflung habe ihn überkommen, ohne daß er eine bestimmte Vorstellung davon gehabt habe, was ihn nun erwarte.

Er sei in die Hotelbar gegangen und habe sich ein Guinness bestellt, dies sei ihm jedenfalls nicht verkehrt erschienen, und er habe dort etwa eine Dreiviertelstunde zu warten gehabt, ehe Olga, Lisa und ihre Mutter herunter kamen, um sich ihn, wie er gedacht habe, vorzuknöpfen. Er sei an einem kleinen quadratischen Tisch mit vier Stühlen gesessen, als habe er sie erwartet, und sie hätten gleichzeitig, bedachtsam und mit ernsten Gesichtern bei ihm Platz genommen wie ein Schlägertrupp mit dem Auftrag, ihn zu verprügeln.

«Carl, was weißt du von diesem Telegramm?» habe Lisa sachlich das Gespräch eröffnet und ihm ein Stück Papier unter die Nase gehalten, das von ihm aufgegebene Telegramm.

Er habe es genommen und gelesen, den Kopf geschüttelt und geantwortet, gar nichts habe er damit zu tun, was in gewissem Sinne ja auch stimme, denn das

Telegramm, wie es die Schwiegermutter erhalten habe, sei ja tatsächlich nie in seinen Händen gewesen.

«Gar nichts», habe er also gesagt, «gar nichts» und – um die Sache perfekt zu machen – hinzugesetzt: «Lisa, du?»

Seine Frau habe nur die Augen gerollt und gereizt geantwortet: «Nein, Carl, nicht ich. Ich wirklich nicht.»

Lichtenberg habe sich an Olga gewandt: «Olga. Du? Wirklich du?»

Olga sei das keiner Antwort würdig gewesen, sie habe nur ein «Ts!» von sich gegeben.

Lichtenberg habe dann, Ratlosigkeit mimend, seine Schwiegermutter angesehen. Die habe nicht gezögert: «Du, Carl!» sei sie seiner Frage bestimmt zuvorgekommen, «du!»

Als seine Schwiegermutter ihm den Vorwurf gemacht habe, der Urheber des unter Lisas Namen aufgegebenen Telegramms zu sein, sei erkennbar gewesen, daß Olga hieran nicht die geringsten Zweifel gehegt habe, während Lisa unschlüssig gewesen sei, weswegen er selbst noch nicht alles für verloren gehalten habe.

Seiner Schwiegermutter habe er erwidert: «Es handelt sich zweifelsohne um eine Mystifikation.» Er habe das mit erstaunt aufgerissenen Augen gesagt, in der Hoffnung, die Frauen könnten empfänglich sein für seine Schauspielerei.

«Was soll das heißen?» habe Olga ärgerlich gefragt.

«Das weiß ich auch nicht. Eine Mystifikation eben. Da liegt es in der Natur der Sache, daß man darüber nichts weiß, nur mutmaßen kann. Wem schadet dieses Telegramm, wem nützt es? Niemandem der hier Anwesenden, das ist ersichtlich. Also muß es jemanden geben außerhalb der Familie. Doch auch dann ist die Frage, was er bezwecken wollte, nicht zu beantworten», habe er ausgeführt.

«Nun, vielleicht eine Idee der Hoteldirektion, um ein weiteres Zimmer zu belegen», habe Frau Orlow gehöhnt.

«Völlig egal. Ich bin schon weg hier, Mutter, wir beide fahren heute noch zurück nach Deutschland», habe schließlich Olga sich geäußert, und es sei klar gewesen, daß sie – als die laut dem Telegrammtext Leidtragende – endgültig zu bestimmen habe, was nunmehr zu tun sei.

Obwohl ihm grundsätzlich mißtraut worden sei, habe für seine Ausführungen zumindest gesprochen, daß ihm ein – für die Frauen ersichtlicher – Vorteil aus dem Telegramm nicht erwachsen sei. Immerhin hätten sie alle drei in ihrer von sich selbst sehr eingenommenen Art den Vorteil überhaupt nicht wahrnehmen können, den es für ihn bedeutet habe, auf diese Weise Olga loszuwerden, wenigstens für die restliche Dauer des Urlaubs.

Die Schwiegermutter habe in ihrer unvergleichlichen Gemeinheit, kalt wie ein Fisch, geschlossen wie folgt: «Carl», habe sie gesagt, «ich glaube auch, daß es sich um eine Mystifikation handelt, und zwar um eine von dir veranlaßte. Ich kann es dir nicht beweisen, und es liegt mir auch gar nichts daran, denn ich kenne dich. Dieses

Telegramm stammt von dir, daran zweifle ich nicht. Was du damit bezwecken willst, weiß ich nicht. So wie du mich zuletzt um Geld angebettelt hast» – hier hätten sich Lisas und Olgas fassungslose Blicke auf ihn gerichtet – «muß ich vermuten, daß es auch mit dem Telegramm irgendeine Geldgeschichte auf sich hat. Ich gebe zu, ich habe mich sogar gefragt, ob du mein Haus ausräumen läßt, während ich, von dir hergelockt, hier sitze. Ich werde herausfinden, was du im Schilde führst, verlaß dich drauf.»

Lichtenberg sei aufgestanden und habe sich, zutiefst beleidigt, förmlich entschuldigt. Er sei aufs Zimmer gegangen, habe dort etwas gelesen und befunden, daß, von einem gewissen Standpunkt aus betrachtet, überhaupt nichts los sei und er auch nichts zu befürchten habe. Ihr Haus auszuräumen, habe er gedacht, und eine ungeheuerliche Wut gegen diese primitive Idee sei in ihm aufgestiegen.

Nach dem Lesen sei er wieder hinuntergegangen in die Hotelbar, um seine Schwiegermutter zur Rede zu stellen, aber die Frauen seien alle fort gewesen, und der Barkeeper habe nur sagen können, daß sie hinausgegangen seien. Er habe sich, unsicher, wo er jetzt hingehen solle, ein weiteres Guinness bestellt.

Etwa nach einer halben Stunde seien die Frauen wieder in die Bar gekommen, die gleiche Prozession wie beim erstenmal, nur daß er diesmal an der Theke gestanden sei und sie sich folglich dort stehend vor ihm aufgebaut hätten, zur Verabschiedung von Schwiegermutter und Olga nämlich, die in aller erdenklichen Knappheit ausgeführt wurde.

Frau Orlow habe lediglich einen Satz geraunt, als sie ihm kurz die Hand gereicht habe, einen einzigen Satz, den nur er gehört habe: «Du bist ein kompletter Versager, Carl.»

Sie habe das mit der Gewißheit gesagt, mit der man eine lange geprüfte Erkenntnis endlich preisgibt, und er habe nichts Besseres gewußt, als einfach so zu tun, als habe er diesen Satz nicht gehört.

XVI.

BEFRAGT, ob er der Mörder seine Schwiegermutter sei, rückte sich Lichtenberg zurecht und antwortete, nein, das sei er nicht, obwohl er, wie der Vernehmende wohl mittlerweile einsehen werde, allen Grund gehabt hätte, zum Mörder seiner Schwiegermutter zu werden. Freilich spreche alles gegen ihn, was er bisher von sich erzählt habe, aber nur, weil es gegen ihn verwendet werde, besonders das von den Behörden so bezeichnete erste irische Telegramm, dem zugegebenermaßen binnen weniger Tage das von den Behörden so bezeichnete zweite irische Telegramm gefolgt sei, dessen Urheber zugegebenermaßen wiederum er, Lichtenberg, gewesen sei.

SOFORT IM MÜNCHNER BÜRO EINFINDEN.
DRINGENDER HANDLUNGSBEDARF I. SA. TRAUTWEIN.
BURGER

habe Lichtenberg im zweiten irischen Telegramm gedichtet, als Olga und die Schwiegermutter bereits vier Tage weg gewesen seien. Nicht etwa die erhoffte Ruhe sei nämlich nach der von ihm eingefädelten und erwünschten überstürzten Rückkehr von Olga und Frau Orlow nach München eingekehrt, sondern lediglich eine veränderte Unruhe.

Hätten Olga und Lisa sich in ihrer Stimmungsmache zuvor gegenseitig zwar hochgepeitscht, seien sie doch nicht so konzentriert und ausschließlich über ihn hergefallen, wie nun Lisa alleine dies getan habe. Nicht müde sei sie geworden, ihm immer wieder die von ihr ja nur vermutete Urheberschaft des ersten irischen Telegramms vorzuwerfen, und habe damit letztendlich seine Urheberschaft des zweiten irischen Telegramms herausgefordert. Nichts wie zurück ins Büro, habe er sich gedacht und sei in aller Dreistigkeit frühmorgens an die Rezeption gegangen und habe telefonisch beim Hauptpostamt München unter dem Namen Burger das vorerwähnte an sich selbst adressierte Telegramm aufgegeben, das kurze Zeit später im Hotel angelangt und ihm, wie vorgesehen, in Lisas Gegenwart überbracht worden sei. Die habe höhnisch aufgelacht, als ihm ein Hotelboy das Telegramm ausgehändigt und er, Lichtenberg, ihr dessen Inhalt verblüfft und bestürzt mitgeteilt habe.

Er habe sich den Spaß erlaubt, sich vor Lisa in die Brust zu werfen, was er nun dafür könne, daß ihn zufällige Umstände wie einen Trickbetrüger aussehen ließen, obwohl er doch allein der eigentlich Leidtragende sei und seinen Urlaub abbrechen müsse aufgrund beruflicher Verpflichtungen. Lisa könne es unmöglich ihm ankreiden, daß der Urlaub nunmehr gänzlich zerstört worden sei, denn wenn sie ihm schon nicht glauben wolle, daß er mit dem ersten Telegramm nichts zu tun habe, so sei dies bei dem zweiten, das aus München komme, doch ganz offensichtlich.

Lisa habe abgewinkt, sich auf Diskussionen gar nicht erst eingelassen, ihm aber ersichtlich kein Wort geglaubt. Beleidigt habe er seine Koffer gepackt, Lisa habe ihm dabei zugesehen, wortlos, ebenso die Kinder, und er habe ihnen erklärt, daß Papa zu einem wichtigen Geschäftstermin nach München müsse, was ganz, ganz traurig sei, sich aber nun einmal nicht vermeiden lasse.

Vor dem Einsteigen ins Taxi, welches ihn von Dromoland Castle nach Shannon Airport gebracht habe, habe er Lisa einen unerwidert gebliebenen Abschiedskuß gegeben. Ungläubig und verächtlich habe sie ihn gewähren lassen und ihn – das denke er sich – wirklich verloren gegeben, worauf er in dieser speziellen Situation aber keine Rücksicht habe nehmen können, denn in der Tat habe er in Geschäften nach München zu reisen gehabt.

Er habe sich abscheulich gefühlt, als er am Flughafen Shannon angekommen sei, und habe einige Zeit vor dem Abflug an der Flughafenbar bei fünf oder sechs Tullamore Dews mit Wasser verbracht.

Schließlich sei er abgehoben. Heiß sei es im Flugzeug gewesen, unerträglich heiß und stickig, und seine Anzughose habe unangenehm an seinen Oberschenkeln und Knien geklebt, o was für ein Flug. Um keinen vorzeitigen Kater zu bekommen, sei er beim Tullamore Dew geblieben, «immer Kurs halten», habe er der höflich angewiderten Stewardeß nach jeder weiteren Bestellung zähnebleckend zugeprostet und überhaupt wie ein Mantra für sich selbst ständig wiederholt: «Kurs halten, immer Kurs halten.»

Beim Anflug auf München sei ihm kolossal schlecht

geworden, ein einziger, gewaltiger, kalter Schweißausbruch, der seine ohnehin durchgeschwitzte Kleidung mit einem säuerlichen Acetongeruch durchsetzt habe, er habe gestunken wie ein Penner.

Er habe keinen besonderen Plan gehabt, was er in München tun würde – wen treffen, wo hingehen und so weiter –, vage habe er vorgehabt, sich in der Nymphenburger Wohnung zu verschanzen. Sich ein bißchen Ruhe gönnen von der Welt, habe er sich gedacht, allein in der Nymphenburger Wohnung, mit ein paar Flaschen Tullamore Dew und ohne dem Orlowschen Familienmolekül länger ausgesetzt zu sein, man könne auch sagen, der Orlowschen Weiberplage.

Sternhagelvoll sei er auf dem Franz-Josef-Strauß-Flughafen gelandet und habe sich just in dem Augenblick schrecklich übergeben, als die Räder der Maschine den Boden berührt hätten.

In der Toilette des Flughafenrestaurants habe er sich notdürftig frisch gemacht, sei bald wieder putzmunter gewesen und habe kein Bedürfnis mehr verspürt, nach Hause zu fahren, vielmehr sei ihm der Sinn nach lockerer, frühnachmittäglicher Unterhaltung gestanden, netter Bekanntschaft, geselliger Runde und ein wenig mehr zu trinken, um den widerlichen Geschmack im Mund loszuwerden.

Er sei an die Flughafenbar geschlendert, die Hände in den Taschen, wo sein Gepäck geblieben sei, habe er kurzfristig vergessen, das sei ihm erst einige Tage später wieder eingefallen. Er habe sich einen Tullamore Dew bestellt, ohne Wasser, ohne Eis, ihn gekippt und einen doppelten hinterherbestellt zum Spülen, dann sei ihm wohler gewesen. Er habe sich die Hände gerieben und den Barkeeper um eine seiner Zigaretten gebeten, sogenannte «leichte», scheußliches Zeug. Aber so seien sie ins Gespräch gekommen, aus Dresden sei er gewesen, unüberhörbar, der Barkeeper, und er, Lichtenberg, habe ihm erklärt, er kenne da einen ausgezeichneten Finanzberater, der ihm sicher bald ein paar steuerbegünstigte Wohnungen in Dresden zum Kauf anbieten werde.

Der Barkeeper habe nicht recht verstanden und Lichtenbergs Glas neu gefüllt, reichlich, sie hätte beide mehrfach wiederholt, daß Dresden eine schöne, sehr, sehr schöne Stadt sei.

Lichtenberg habe das Gefühl gehabt, es sei unmöglich mit dem Barkeeper auf eine Ebene zu kommen. «Was ist denn frauentechnisch so los hier, um diese Uhrzeit?» habe er ihn gefragt und pflichtschuldigst zur Antwort bekommen: «Prostitution ist hier am Flughafen verboten, aber Sie werden von den Taxifahrern entsprechende Adressen vermittelt bekommen.»

«Blödsinn», habe er, Lichtenberg, geraunt und sei unzufrieden gewesen, denn es habe sich abgezeichnet, daß dies hier nicht der Ort für zwangloses Amüsement habe sein können.

Also sei er in die Stadt aufgebrochen, ohne Gepäck, im Duty-free-Shop habe er sich gleich nach der Ankunft einen gläsernen Halbliterflachmann Tullamore Dew besorgt gehabt, an den er sich jetzt gemacht habe, im Taxi, auf dem Weg zur Residenz, wie er dem Fahrer knapp beschieden habe.

Ein sehr gesprächiger Mann sei dieser Taxifahrer gewesen, der ihn, Lichtenberg, durch den Rückspiegel kurz gemustert habe, um dann einen Monolog über die äußerst angespannte wirtschaftliche Situation der Republik zu beginnen.

Viel zu oft habe der Taxifahrer den Halbsatz «das merke ich nicht zuletzt an meinem Umsatz» eingestreut, und Lichtenberg sei es wieder schlecht geworden, und der Taxifahrer habe ein ums andere Mal wiederholt: «Ich weiß nicht, wie es Ihnen geht, aber ich merke das nicht zuletzt auch an meinem Umsatz.»

«Ach was», habe Lichtenberg geschwächt erwidert und eine Änderung des Fahrziels angegeben, nämlich zur Nymphenburger Wohnung hin.

«Selbstverständlich», so der Taxifahrer, «was den Umsatz angeht, macht das ohnehin kaum einen Unterschied.»

Vor der Nymphenburger Wohnung angekommen, habe Lichtenberg dem Taxifahrer gesagt, er solle warten und die Uhr laufen lassen, er komme gleich wieder, und er sei hineingelaufen und habe die Pistole gesucht, die Pistole aus New Orleans, die er in seiner Nachttischschublade aufgehoben habe, ungeladen und gesichert, in ein Öltuch eingeschlagen. Der Vernehmende werde sich fragen, wie es ihm, Lichtenberg, gelungen sei, die Waffe unter Umgehung der strengen Sicherheitsvorschriften aus den Vereinigten Staaten heraus und in die

Bundesrepublik Deutschland hineinzubringen und er, Lichtenberg, verstehe diese Frage, obgleich sie ihm ein weiteres Mal die Beschränktheit des behördlichen Vorstellungsvermögens demonstriere, denn der Behördenmensch glaube nur zu gerne, das Verbot einer Handlung müsse diese letztlich zu einer unmöglichen Handlung werden lassen, und deshalb erscheine ihm das, was in Wirklichkeit ein Kinderspiel gewesen sei, als ein Wunder respektive als ein geradezu unglaubliches Verbrechen, obwohl ihm doch bekannt sein müsse, daß nicht allein Handfeuerwaffen, sondern auch Atomsprengköpfe illegal und unbemerkt von ihm und seinesgleichen die Grenze passierten, vollkommen unbehelligt von dem hiergegen bestehenden Verbot.

Er habe also die Waffe herausgenommen, das Magazin aus dem Griff gezogen und aufmunitioniert, eine stimulierend präzis gefertigte Waffe, das Einrasten des gefüllten Magazins im Schaft habe ihn, Lichtenberg, beruhigt, erleichtert, ja geradezu beglückt, weswegen er es mehrmals hintereinander wieder herausgezogen und dann wieder einrasten habe lassen, bevor er sich dem nächsten Schluck Tullamore Dew gewidmet habe.

Er habe die Waffe gesichert und in der Innentasche seines Jacketts verstaut. Dann sei er hinuntergegangen auf die Straße zum wartenden Taxifahrer, der jetzt, bei hundertzwanzig Mark, eine Zwischenzahlung verlangt habe, die Lichtenberg etwas indigniert geleistet habe. Aus einer seiner äußeren Jackettaschen habe er ein Knäuel Geldscheine gezogen und dem Taxifahrer unbesehen in die Hand gedrückt und barsch befohlen: «Bedienen Sie sich. Rest zurück.»

Der Taxifahrer habe sich seine Hundertzwanzig genommen, Lichtenberg den zurückerhaltenen Rest wiederum unbesehen in die Hosentasche gestopft und den Taxifahrer angewiesen: «Los, zur Oper.»

Dort angekommen, habe er den Taxifahrer fortgeschickt und sei ins gegenüberliegende Hauptpostamt hineingegangen und habe sich vor den Werbeflächen in der Mitte der Schalterhalle herumgedrückt, aufgebracht von dem Kitzel, mit seiner Pistole entdeckt und für einen Räuber gehalten zu werden und damit vielleicht eine allgemeine Panik auszulösen.

Er sei hinaus auf die Residenzstraße, hinüber auf die Maximilianstraße und dort auf- und abgegangen, zwischen Oper und Vier Jahreszeiten. Was würde passieren, habe er sich genüßlich überlegt, wenn ich die Pistole sichtbar in der Hand herumtragen würde, einfach so?

Bis zur Isar sei er gegangen, ohne eine feste Vorstellung, was dort zu tun sei, die Hand am Jackett, die Pistole unter dem Herzen, vor sich hin grinsend.

Der Vernehmende unterbrach Lichtenberg mit der Frage, wieviel Uhr es da gewesen sei. Lichtenberg vermutete halb fünf.

«Dachten Sie an Ihre Schwiegermutter?» fragte der Vernehmende.

«Nicht öfter als sonst», antwortete Lichtenberg.

«Was hatten Sie mit der Pistole vor?»

«Weiß ich nicht. Sie in die Isar zu werfen, ja, aber ich wußte noch nicht genau wann.»

«Sie gingen auf die Maximiliansbrücke?»

«Ja.»

«Was taten Sie da?»

«Ich sah hinunter, die Hand an meiner Jackettasche. Es sah aus, als greife ich nach meinem Herzen. Wie ich da stand, hätte ich ohne weiteres für einen Selbstmörder gehalten werden können, der gleich springt.»

«Wurden Sie beobachtet?»

«Nicht, daß ich wüßte.»

«Was taten Sie?»

«Ich warf – nachdem ich zehn oder zwanzig Minuten da hinuntergestarrt hatte – die Waffe über das Brückengeländer. Sie schlug gegen den Pfeiler, über dem ich stand, und ein Schuß löste sich. Ich sah niemanden, der das bemerkt hätte. Trotzdem ging ich eilig weg, die Maximilianstraße hinunter, wieder zurück in Richtung Oper.»

Dort sei er herumgestreunt, bis seine Whiskeyflasche leer gewesen sei, er habe keine Kraft mehr gehabt, sich eine neue zu besorgen, sei offen gestanden zu besoffen gewesen.

Es werde so etwa kurz vor sechs gewesen sein, als er in die U-Bahn am Odeonsplatz eingestiegen sei, um zurück zur Nymphenburger Wohnung zu fahren. Absurd sei der Vorwurf, er habe um diese Zeit mit verstellter Stimme bei seiner Schwiegermutter angerufen, als vorgeblicher Leiter des Hauptpostamtes, um sie unter dem Vorwand, der Absender des ersten irischen Telegramms sei gefunden worden, dorthin zu locken.

Nein, nein, in die Nymphenburger Wohnung sei er gefahren, sternhagelvoll, und habe sich aufs Bett geschmissen, um sich nach der strapaziösen Reise etwas zu erholen. Er sei in bedrohlichen Träumen gelegen, als sie gekommen seien, um ihn zu verhaften.

Sie hätten ihm beinahe die Wohnungstür eingeschlagen, weil er, noch schläfrig, nicht gleich geöffnet habe. Die Tür sei ruiniert, er werde die Polizei hierfür schadenersatzpflichtig machen.

Als ihm die Handschellen angelegt worden seien, habe er gesagt, was er jetzt zum x-ten Male wiederhole, bis ihm endlich geglaubt werde: Alles, alles, alles könne man ihm vorwerfen, nur nicht, der Mörder seiner Schwiegermutter zu sein.